寻找英雄

舍身为国
董存瑞

海蓝蓝◎著

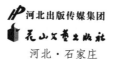

河北出版传媒集团

花山文艺出版社

河北·石家庄

图书在版编目（CIP）数据

　　舍身为国董存瑞 / 海蓝蓝著. —石家庄：花山文艺出版社，2021.6（2022.7 重印）
　　（寻找英雄的足迹 / 王凤，李延青主编）
　　ISBN 978-7-5511-5664-6

　　Ⅰ.①舍… Ⅱ.①海… Ⅲ.①传记文学－中国－当代 Ⅳ.①I25

中国版本图书馆CIP数据核字(2021)第065938号

丛 书 名：寻找英雄的足迹
主　　编：王　凤　李延青
书　　名：**舍身为国董存瑞**
　　　　　Sheshenweiguo Dong Cunrui
著　　者：海蓝蓝
策　　划：郝建国
统　　筹：王福仓　王玉晓
责任编辑：刘燕军
责任校对：李　鸥
美术编辑：胡彤亮　陈　淼
出版发行：花山文艺出版社（邮政编码：050061）
　　　　　（河北省石家庄市友谊北大街330号）

销售热线：0311-88643221
传　　真：0311-88643234
印　　刷：三河市东兴印刷有限公司
经　　销：新华书店
开　　本：880×1230　1/32
印　　张：7.25
字　　数：135千字
版　　次：2021年6月第1版
　　　　　2022年7月第2次印刷
书　　号：ISBN 978-7-5511-5664-6
定　　价：25.00元

董存瑞

　　1929年出生于河北怀来贫苦农民家庭，曾担任抗日儿童团团长，1947年3月加入中国共产党。全国著名战斗英雄。1948年5月，为了新中国的解放事业，英勇地用身体托起炸药包，炸掉了敌人的碉堡，以自己的生命为部队开辟了前进道路，时年十九岁。朱德评价其"舍身为国，永垂不朽"。

写在前面

◎郝建国

习近平总书记一直高度重视对英雄的宣传和学习，指出："全党全社会要崇尚英雄、学习英雄、关爱英雄，大力弘扬英雄精神，汇聚实现中华民族伟大复兴的磅礴力量。"（2020年10月21日习近平给四川省革命伤残军人休养院全体同志的回信）

我们组织推出此套丛书，即是贯彻落实习近平总书记重要指示精神的一个实际行动，是"不忘初心、牢记使命"的一次具体实践。

曾几何时，英雄这一神圣的群体，被明星的光环遮蔽，在不少年轻人的心中，当年妇孺皆知的共和国英雄，似乎离他们越来越远。追星族挖空心思了解明星们的各种癖好，而对开国英雄们的事迹竟然一无所知。相比于二十世纪五八十年代人们对英雄的崇拜和对英雄事迹的传颂，当下对英雄，尤其是为中华人民共和国成立立下不朽功勋的英烈们的颂扬，显得有些薄弱。

一个淡忘英雄的国家，难以面向未来。

让英雄重归视野、永驻心田，是我们组织创作出版这套"寻找英雄的足迹"丛书的初衷，也是所有参与此项工作的领导和工作人员的心愿。

丛书由河北省作家协会组织创作，由花山文艺出版社编辑出版发行。八位写作者，都是河北省文学界颇有实力的中坚力量，活跃于文学创作领域。他们用生动的笔触，表达对英雄的敬仰和缅怀，在采访和搜集资料的过程中，付出了不少辛劳，在此表示由衷的感谢。

丛书的传主李大钊、董振堂、赵博生、佟麟阁、狼牙山五壮士、马本斋、董存瑞、戎冠秀，都是入选"100位为新中国成立作出突出贡献的英雄模范人物"的河北籍英烈，其事迹具有全国影响力和彪炳史册的震撼力。他们属于河北，更属于中国。由于以前曾经出版过很多记述他们英雄故事的书籍，为了能够吸引当下青少年阅读，我们另辟蹊径，寄望在"寻找"的过程中，发现新事迹，挖掘新材料，带给读者全新的阅读体验。

丛书以青少年为主要读者，因此，写作中力求可读性强，避免史料的堆积和过于浓重的学术表述，让阅读者在潜移默化的感染中，学习英烈们的精神，汲取向上的力量，珍惜来之不易的幸福生活，热爱先烈们抛头颅洒热血建立的新中国，为实现中华民族伟大复兴的中国梦奋发工作。

为了打造出一套高质量的精品图书，作者们数易其稿，编辑们反复审读，河北省作协多次召开协调会，从写作动机、行文风格、读者对象、宣传方案到编辑体例、数字用法都进行了深入研讨，并将丛书列为向中国共产党成立一百周年的献礼图书。其间，得到中共河北省委宣传部领导的大力支持和指导，丛书被列为河北省优秀出版物选题并给予资金支持。

从资料的搜集、整理到对相关人物的采访，特别是写作的创新，其间都面临着巨大的挑战。时代在前进，人们的阅读习惯发生了巨大的变化，我们的尝试能否达到令读者满意的效果，现在还是未知数。不管怎样，我们用一颗虔诚的心，回望英烈们的感人事迹，探寻他们的初心，为当代人树立起一面面闪光的旗帜，这个朴素的想法，其实在丛书付梓之时即已实现。

限于资料的收集范围，加之时间紧迫，书中的疏漏之处在所难免，恳请读者批评指正。

让我们一起讴歌英雄，缅怀英雄，学习英雄，踏着英雄的足迹不断前行！

目 录

CONTENTS

第一章 小北川的嘎小子

1

坐落于半山腰的南山堡，背倚黄山，但山上没有树，砍柴、割条子要到很远的大北山上。董全忠是南山堡有名的编筐能手，除了自家生活需要，柴草和编织的柳条筐，都要拿到沙城集市上卖掉，再用这些钱购买生活必需品。

董存瑞是家中唯一的男孩儿，可他一点儿都不娇宠。到大北山砍柴、割条子，来回要走二三十里，再苦再累他也不觉得，能为家里多干点儿活，心里舒坦。爹心疼他年纪小就出来干活，可又没办法，三个姐姐出嫁了，没劳力啊！

每次到北山砍柴、割条子，爹总让他骑在驴背上。后来，他发现爹跟在后面走得很慢，才意识到爹年岁大了，腿脚不灵便了。他跳下来，非让爹骑上毛驴，自己跟在后面。

爹说你还小，脚还没有出过力呢。他把缰绳硬塞到爹手里，跑到后面，扭着屁股，跳着脚。爹看拗不过他，只好骑在驴背上。

川区气候变化大，冬天干冷干冷的，特别是三九天，西北风从早刮到晚，滴水成冰，地皮都能冻裂。有钱人的孩子或在学堂读书习字，或围着火炉嬉戏聊天。董存瑞家穷，再冷的天他也得上山砍柴、割条子。

一天吃过早饭，董存瑞将小镰刀插在腰间，跟着爹又到北山割条子，半道刮起大风。其实干活人不怕天冷，就怕遇到刮风天，这种天气去山上砍柴割条子可能会有危险。爹担心地说："四蛋儿啊，风太大，咱不去了，这就回吧！"董存瑞扶着爹从驴背上下来，瞧了瞧天空，毫不在乎地说："爹，这风没啥可怕的，咱小心点儿就行了。咱都走这么远了，一会儿没准儿风就小了呢。要是风还这么大，咱就少割点儿条子，也不能白跑一趟呀。"爹觉得也在理，拉着毛驴继续向北山走去。

过了长安岭，就到山崖下，董存瑞指着山坡一片长得浓密的荆树丛说："爹，那片条子多好，我把它割下来，准够毛驴驮的。"爹抬头望了一眼山崖，连忙摆摆手："不行！不行！你不知道这是什么地方？这叫阎王鼻子，太危险，没人敢上去。"

"正因为没人敢上去，那儿的条子才长得好。"

"你上去让阎王推下来咋办？爹可就你一个儿啊！不行！不行！咱宁可空手回去，也不能冒这个险！"

董存瑞望了望陡峭的山崖，轻声说："爹，你等着。我一会儿就把那片条子割下来!"他紧了紧腰带,"噌"地蹿了上去,就像灵巧的猴子,连抓带拽,一会儿攀,一会儿蹬,"嗖!嗖!嗖!"几下就攀上高高的"阎王鼻子"。

山风"嗷嗷"地叫着,好像狼嗥一样。爹在山下使劲儿喊着:"蛋儿啊,一定要小心,抓牢踩实,压低身子往前,等风头过去再割!"

"知道啦——"

山崖上的条子像被收割的谷子,一抱一抱被扔下来。不一会儿,那片条子被割下来一大半。爹拾起一把一把的条子,捆扎起来,摆着手喊:"四蛋儿,差不多够毛驴驮啦,快下来吧!"

董存瑞越割越起劲,恨不得一口气儿把这片好条子全都割下来。一趟驮不回去,再来一趟也值得。"唰!唰!唰!"他挥起镰刀割得更快了。他顺着阎王鼻子往上。突然,一股盖头风刮来,他身子一晃,被吹了个倒栽葱,"呀"的一声滚下来。

爹在山下大喊:"四蛋儿,快,快抓住树枝。"董存瑞滚了两滚,"啪"地抓住一墩老荆树的枝条。怪风过去,他站起来,挥了挥手中的镰刀:"爹,我没事儿!"他喊着、叫着,像一只欢快的小鹿,从另一头儿缓坡上飞奔而来。

爹看他毫发无损,捋着胡须,拍了拍儿子身上的枝叶,赶着驮满荆条的小毛驴,高高兴兴地回家了。

第二天,董存瑞硬是说服爹,赶着小毛驴,又把阎王鼻子上剩下的那片荆条全割回来。他得意地说："我登上了阎王鼻子，以后还要踩着阎王的脑袋呢！"

2

冰雪消融，小草钻出地面，树木披上戎装，又一个充满生机的季节到来了。然而动荡岁月，董存瑞仍过着糠菜无尽的苦乐童年。

这年闰月春长，穷人的日子更难熬。董存瑞很懂事，处处为爹娘分忧。一天早上，听娘说缸里的粮食不多了，吃完饭，他一声不响地拿着锄头和箩筐，去找同族弟弟董存理挖野菜。

挖野菜的人多，地里野菜难找，他俩转了一大圈也没挖到一棵。这时，一阵鸟鸣传到耳边，董存瑞抬头瞧见沟边沿儿有棵榆树，树梢儿一抹嫩绿。"哈哈！那不是榆钱儿吗？"他眼里放着光，手一指，对董存理说，"弟，你瞅见没有？这回咱可有救啦！"他拉着董存理往大沟沿儿跑去。

榆钱儿也叫榆荚，是榆树结的种子，因它酷似古代串起来的麻钱儿，故名榆钱儿。榆树的皮、叶、根都能入药，可对穷人来说，都是入口的食物。董存瑞从小就爱吃榆钱儿，爽甜可口，营养丰富，可以生吃，也可以和小米一起做榆钱儿饭，松软、好吃、耐饿，还可以掺上玉米面或高粱面做成窝头或贴饼子，也很好吃。

董存瑞一见串串榆钱儿，心里甭提多高兴了。他一溜烟儿跑到大沟沿儿榆树下，"啪啪"甩掉两只"砍山鞋"，双脚往高处一蹦，双手紧紧抱住树干，像只松鼠似的，几下蹿了上去。可榆钱儿都结在树梢上，够不着，怎么办？他就扒开身边的树枝，使劲儿伸手去抓榆钱儿。只听"咔嚓"一声，两根树枝被踩断了。

不知道什么时候，爹正走到树下，见状大喝一声："四蛋儿，还不快下来！"爹指着两根指头粗的树枝，没好气地说："这枝子就是树的胳膊腿，你把它蹬断了，知道榆树咋疼不？"

董存瑞低着头，一声不吭，跟着爹回家了。爹不说话，董存瑞就不敢进屋，站在院里一个劲儿地晒着。

娘从屋里出来，说："行啦，孩子也不是故意的。咱家要是有粮吃，他何必上树捋榆钱儿呢？"爹听了娘的话，更生气了："咋？没粮吃就可以随便糟蹋嫩枝啊？你以为长成一棵树容易呢？这不跟你养孩子一个理儿，不好好爱护，行吗？"

娘瞪了爹一眼："不行咋的？还非要治他的罪？"一提治罪，爹又来气了。他用烟袋锅指着地上的两根树枝愤愤地说："毁树就是犯罪！"他看了儿子一眼，虎着脸说，"你娘替你说啥也没用，明天到大沟沿儿地埂，种棵榆树去，否则别回来吃饭！"

董全忠一向把树当作儿女一样，不管大人孩子，谁破坏树被他看见了，一准绷着脸和人家说理。你要不服，和他争吵，惹火了他真敢抡起镰刀揍你。他常说，树和庄稼一个样，都是咱百姓的命根子！

董存瑞原以为爹要狠狠地揍他一顿，闷头挨训，啥话也不敢说。当听爹说要惩罚他种树，才舒了一口气，赶紧应了一声："行！明儿一早我就去！"

3

因为家贫，董存瑞的三个姐姐早早嫁人了。他有个弟弟，一出生就体弱多病，后来没钱医治，不幸夭折。那年，妹妹刚出生，娘身体虚弱，他懂得多做家务，帮爹干活。娘拉扯五六个孩子不易，他从不惹娘生气。娘说啥他都能听进去；娘让干啥就干啥，也不顶嘴，不耍脾气。

一天晌午，董存瑞和栓柱到南大沟给小毛驴割草，走进高坎儿，突然被什么绊了一脚。他低头看看，竟是一条细细的瓜蔓，上面结了大小五个香瓜。董存瑞弯腰把瓜摘下来，给栓柱两个大的，自己留了三个小的。瓜还不太熟，董存瑞就埋在小西房的米缸里，想着过几天捂熟了，再拿出来给娘吃。

娘到小西房取米，一股香味扑鼻而来。她东瞅西瞧，不知香味打哪儿冒出来。当她去缸里舀米时，发现三个小香瓜。娘没多想就猜到了是儿子放的。南山堡村西头杨大爷年年种香瓜，会不会是儿子嘴馋，到人家地里摘的？要是那样可就不好了。娘知道孩子们过得清苦，可她对子女一向严厉。今天遇到这种情况，一定要好好问问儿子。

"娘，这瓜真不是偷的，是我割草……"董存瑞一边解释，一边跳着脚躲着娘手里的笤帚疙瘩。可娘没听他说完就大声斥责："今儿个不把香瓜给人家送回去，我非告诉你爹把你手剁了不可！"董存瑞知道娘是真生气，也容不得他解释，怎么办？他正心急无法和娘说清楚时，栓柱来了。

栓柱听大娘责骂董存瑞，忙过去做证："大娘，你错怪四蛋儿了。这香瓜是我俩到南大沟割草时，在高粱地发现的。真的是野生的香瓜，他还分给我两个大个儿的呢。"

董存瑞看栓柱说明白了，高兴地跟娘解释："娘，要是我真的做错了，就不会躲你的笤帚疙瘩了。"娘看了一眼委屈的儿子，问栓柱："真的是你们在野外摘的？那分给你的大香瓜呢？"

栓柱指了指自己的肚子："吃了，都吃了。"

"我不信。"

"大娘，我不骗你。不信你去问问我娘。我还给她一个呢。"

娘知道儿子和栓柱都是实诚孩子，的确从不扯谎。她想了想，笑着对儿子说："要是这样，你们就把这仨香瓜也吃了吧。"

董存瑞听娘信了他们的话，把香瓜往娘手里一塞："娘，这是我给你、爹和妹妹留着的！"说完，拽着栓柱跑出去了。

娘看看手里的香瓜，放在鼻前闻了闻，清香的味道从嘴里流到心里。她的脸上洋溢着少有的笑容……

4

村西头有块洼地，一到夏天就积满雨水，形成一个大水塘，成了南山堡男孩子玩水的地方。

晌午，太阳悬在空中，阳光像箭射到地上，火辣辣的。如果不穿鞋，脚掌都会烫起一层皮的。

董存瑞撂下碗筷，用手擦了擦嘴角，说："娘，我出去了！"爹没说话，瞥了他一眼。娘知道儿子去给毛驴割草，看他背上大草筐，抓起小镰刀，隔着窗户喊："别晒热了，小心中暑啊！"走出小院的董存瑞甩了一句："知道了！"

他路过水塘时，见有几个小伙伴在里面打水仗，不由得放慢脚步，边走边看，还和他们招了招手。

牛娃从水里露出头，看了一眼董存瑞，讥讽地喊："四蛋儿，敢不敢下来比试比试？"

"比啥？"董存瑞停下来。

牛娃抹了一把脸上淌下来的泥水，说："比跳水，怎么样？"

"从哪儿跳？"

这时水里又冒出个小脑袋，是二蛋儿。他指了指北面高高的黄土崖上的那棵大柳树，结结巴巴地说："就……就从……那儿跳。敢……敢不敢？"

董存瑞二话没说，撂下草筐，把无袖的破布衫一扔，登上黄土崖，攀上大柳树。

这时，另一个伙伴喊："四蛋儿，咱不比了，算你赢还不成！"董存瑞用手划拉额头前的头发，摆了摆手："说话得算数！"他两手向前一伸，轻轻一跃，一个猛子扎进水里，半天不见人影。

水坑有多深，谁也说不清。孩子们都害怕了，有的埋怨提出挑战的牛娃，有的责怪出馊主意的二蛋儿。这么深的水坑，一旦出事，那可要出人命的。四蛋儿的弟弟死了，他要出事，董大爷不和他们几个拼命？

几双眼睛紧紧地盯着水塘。"瞧，冒泡泡了。"有人兴奋地喊。"四蛋儿上来了，没事啦！"有人鼓掌。"四蛋儿真了不起，不愧是咱村的孩子王。怎么样，你们都服了吧？"

在水里的小伙伴早就上岸看这场比赛。董存瑞跳进水塘安全出来，没一个不赞叹的。牛娃竖着大拇指，佩服地说："四蛋儿啥都比我强！"

"就是。"二蛋儿附和着，"我最服四蛋儿了。"

董存瑞从水里钻出来，左手举着什么东西。眼尖的小伙伴喊："是条鱼。"围观的孩子们又跳到水里，想看个究竟，还不断地高声喝彩。

这时，本村刘财主的儿子提着粪叉，边哼着小曲边晃悠着脑袋朝这边走来。他瞧见穷孩子在大水塘游泳，扯着破锣嗓子叫起来："上来，都给我上来！再不上来，我往水里扔屎啦！"说着，他真的从路边找了堆狗屎，用粪叉挑到水里。牛娃悄悄说了一句："难怪村里人私下叫他'刘坏水'。"

孩子们纷纷爬出水塘。董存瑞也"噌"地跳到岸上，手里的鱼滑到水里。他也不去理会，只是几步蹿到刘坏水跟前，夺过他手里的粪叉，使劲儿一丢，扔出老远，还指着他的鼻子骂："你这小子，咋把坏水流到这儿了？凭啥不让我们玩水？"

刘坏水瞪了董存瑞一眼，摆出少爷的架势，指着大水塘说："这水坑是我们刘家的，我想让你们玩就能玩，不想让你们玩，你们就玩不成！"董存瑞见刘坏水蛮横不讲理，猛地扑上去，只听"噗通"一声，刘坏水被扔进水塘。董存瑞跟着也跳了下去。

伙伴们惊呆了，怕董存瑞把刘坏水淹死，那麻烦就大了。不一会儿，董存瑞像拎落汤鸡似的，拽着刘坏水的脖领，将他提上来，严厉地问："你想活还是想死？"刘坏水赶紧作揖求饶："想活！想活！四蛋儿，你……你，别这样，我让你们玩还不行吗？"

董存瑞把刘坏水的脑袋又按进水里，再提上来，说："不行！你小子爱骗人，说话不算话。今天你必须当着大伙的面答应我的条件！"刘坏水被呛得喘不上气，只是一个劲儿地点头。

董存瑞看看周围的小伙伴，说："条件很简单：从今往后不准再来捣乱！"这时的刘坏水早已吓得不知所措，连连说：“好！好！我不捣乱！我不捣乱！”

牛娃怕刘坏水糊弄人，冲他大喊：“你要是说了不算，再来捣乱咋办？”刘坏水望着董存瑞愤怒的脸，打着哆嗦说：“我要说了不算，你，你们，就把我按进水里，淹……淹死！”

“好！这可是你自己说的！要是说了不算，当心真的把你扔进大水塘！”董存瑞照刘坏水背上狠狠拍了一巴掌，把他拉上岸。

刘坏水拾起粪筐和粪叉，像落水狗似的夹着尾巴跑了。小伙伴们哈哈大笑着。董存瑞指着刘坏水说：“对付这种癞皮狗，就得来硬的，要不他随时都会欺负你。只要咱们抱成团，就不怕刘坏水！”

董存瑞将衣服搭在肩头，挎起草筐，抓起镰刀，径直向山坡走去。

5

一天清晨，栓柱给董存瑞送来一只小白鸽。董存瑞问哪来的，栓柱低着头，轻声说：“在……在我家房上逮的。”

这只小白鸽长着金眼红爪。董存瑞知道栓柱非常喜欢鸟儿，就说：“这么好看的鸟儿你留着吧。”栓柱眼含泪水，把小鸽子塞到董存瑞手里转身跑了。

栓柱这是怎么了？一定有什么苦衷！董存瑞心里嘀咕着，捧着小白鸽就往栓柱家走。到了门口，他看见栓柱坐在房檐下，双手捂着脸哭呢。

一阵低沉的呻吟从屋里传出来，董存瑞左手托着小白鸽紧贴肚子，右手拽着栓柱到门外，轻声问他为什么哭，栓柱不肯说。董存瑞一再追问他才吞吞吐吐地说："我爹下煤窑砸伤了腿。娘也生病了，家里没米下锅……"董存瑞听着也很伤心。他安慰栓柱："你别哭了，我想办法帮你。"

董存瑞想把家里的小米给栓柱家送点儿，可看了看家里的小米也快见缸底，话到嘴边没敢跟娘说出来，正寻思该怎么帮栓柱家渡过难关，听到小毛驴喘气的声音。他眼前一亮，自语道："对！西屋留着喂牲口的高粱米！"

小毛驴是爹辛辛苦苦用砍条子、背柴火、编筐和筐篓卖钱换来的。一年到头，小毛驴驮条子、送粪、耕地、播种，没少为家里出力。爹把它看得比人还重要，从不舍得让它挨饿。

董存瑞也不忍心从小毛驴嘴里抠粮送人，可眼下栓柱家都揭不开锅了，又没别的办法帮他们，犹豫了好一阵子，还是走进驴圈，轻轻摸着小毛驴的头，商量着说："小伙计，我有个难事你能不能帮？"董存瑞对小毛驴一向很好，吃吃喝喝百般照料，现在实在没有别的法子，只能委屈它了。

小毛驴像是听懂似的，用嘴拱他一下，好像说："可以！"董存瑞摸了摸小毛驴的脖子，和它说："栓柱家断了顿，已经没米下锅了。咱家人吃的粮也没有多少，只好从你这里借点儿。"小毛驴通人性，真的听懂了董存瑞的话，竟然点了点头，仿佛是答应了。

从那天起，董存瑞总从小西房的窗户伸进手，往小口袋里抓高粱。几天后，爹发现囤里的高粱少了，以为被耗子偷去，没太在意。后来越来越少，他仔细查看小西房，囤没被咬破，又不见耗子踪迹，猜想定是人偷的，于是便留了心。

这天，董存瑞正伸手从囤里往外抓高粱，被爹当场抓住。一气之下，爹把他关进小黑屋，足足审了两袋烟的工夫。娘急了，推开门冲爹嚷嚷："孩子犯了啥罪，你饭也不让吃，还把他关起来？"

爹生气地说："小小人不能惯他养这毛病。他今个儿不老实说，我非把他饿死不可！"

这时，栓柱找董存瑞去挖野菜，听他爹娘争吵，急忙跑去解释："四蛋儿是为我家偷高粱的。"爹听了栓柱的话，指着董存瑞说："你……你，你小子咋不早说？"他赶紧让老伴从缸里舀出两碗小米装在布袋里，对董存瑞说："快！快去给你二叔家送去！"

董存瑞摸摸挨打的屁股，说了声："爹，你真好！"拎着小米，拉着栓柱往外跑。小毛驴似乎也听懂了主人的话，高兴地嗷嗷叫了起来。

6

盛夏的晌午，烈日炎炎，董存瑞锄地回来。还没进村，就见几个孩子又喊又叫地向他跑来。他以为鬼子进村了，忙停下脚步问："敌人在哪儿？"一个光屁股的小男孩儿向打谷场边的弯榆树上一指："那不，可多啦！四蛋儿哥，快去抓吧。"

董存瑞抬头望去，只见榆树头上黑糊糊的一团逃蜂。大群逃蜂围着蜂王满天乱飞。树下男男女女指指点点，叫个不停。

逃蜂的主人是有着白花花胡子的外村老头。他拿着绑了破笊篱的长竿子，气喘吁吁地追来追去。不一会儿，他停在树下，用手遮着阳光，草帽从头上滑落也顾不上，举着长竿子想把逃蜂接下来，可树太高了，怎么也够不着，急得转圈圈。就在老头不知所措时，董存瑞跑过来，看了看树上的逃蜂，扔掉手里的锄头，说："大爷，您先别急，我替你弄下来！"他从老头手里要过长竿，三蹿两蹿，像机灵的猴子，一会儿就爬到榆树顶上。老头挥着手中的草帽子大喊："孩子，小心，千万别让蜂蜇着！"

"大爷，放心吧，蜇不着。"董存瑞举着绑有笊篱的长竿，像捞小鱼一样，对准蜂团"蓦"地一兜，可一只逃蜂也没兜住，反而惹得几只发怒的"喽啰"像轰炸机似的猛冲下来。他的胳膊被蜇了几下，其他蜂趁机跟着蜂王飞走了。董存瑞跳下树，伙伴们都关心地围过来，有的说："四蛋儿，来，我给你吸吸毒水。""没事儿，我有办法。你们都背过身去。"董存瑞趁势往手上尿了一泡，涂在了被蜂蜇过的地方，"转过来吧，一会儿就好了，不会起包。"白胡子老头走过来，笑呵呵地说："这孩子真聪明，知道用尿解蜂毒。"

"是爹告诉我的。"董存瑞拾起长竿，又去追逃蜂。逃蜂像块黑云，忽而上，忽而下，飞来飞去，落在一棵高高的白杨树上。散蜂围着蜂王，挤在一堆，一会儿就聚成喜鹊窝大的一坨，忽忽悠悠，在枝上晃荡。

董存瑞手拿长竿又去收逃蜂。老头一把拉住他说："孩子，该我破财，算了吧，别再蜇着！"董存瑞抬头看了看蜂团，说："大爷，我再上去试试。"人群中不知谁说了句："四蛋儿，没有金刚钻，就别揽瓷器活。你上去弄不成，再给吓跑了咋办？"董存瑞瞟了一眼说话人："吓跑了再追，飞到天边也要把它们追回来！"他往手心吐了两口唾沫，"噌噌"几下爬上白杨树。

这回董存瑞听从养蜂人的建议，先引开逃蜂，只要把蜂王网住，其他蜜蜂就能跟着往回飞。上次没经验，这回可不能轻举妄动。他双腿紧攀树干，手握长竿轻轻靠近蜂团，耐心等待。过了一会儿，蜂王随着外围蜜蜂的移动，自己也不知不觉爬上了笊篱头，其他蜜蜂像孩子离不开娘，也跟着围了上去，逐渐形成一个不动的蜂团。董存瑞见逃蜂都不再乱飞，一手握长竿，一手抱树，慢慢滑下来，把收起的逃蜂交给养蜂人。

第二天，养蜂人让儿子背了两斗小米，带着两瓶蜂蜜给董存瑞家送去。董存瑞执意不收。他说："养蜂不易，我替你们收回来是应该做的。要是硬给留下，再遇到蜜蜂逃了，我可不帮大爷了。"

7

南山堡小学校设在村当街路北龙王庙的西厢房。教室不大，屋顶矮，光线暗，几张旧桌椅，来上学的都是有钱人家的孩子。学习知识是每个孩子的梦想。董存瑞家穷，他十岁还没读过书，每次路过校门口，都要停下来向里张望。他特别想知道坐在教室里念书是一种什么样的感受。

先生约莫四十几岁，姓刘，是本村的穷秀才。兵荒马乱的年月，学校也没什么正规教材，先生只能教《百家姓》《三字经》《千字文》等古典启蒙读本。

那时的教学方式简单，先生手里拿着个长方形木板，俗称"戒尺"，绷着脸来回走动，督促学生跟自己一起读书。读书读书，就是要读出声音来，熟读成诵。学生要把先生领读过的内容全都背下来。检查背诵的时候，是按座位的顺序一个个来，谁不会背就要挨板子、被罚站。

一天，先生正领着学生读《千字文》。先生念一句，学生念一句，可先生刚念完"德建名立，形端表正。空谷传声，虚堂习听"，没等学生开口，门外的董存瑞就大声接了句："先生没米也没粮，一顿不吃饿得慌。"

先生抬头看了一眼顽皮的董存瑞，没理他，继续领学生读"祸因恶积，福缘善庆"，董存瑞向里面的学生做个鬼脸，伸着舌头喊："学生是羊，咩咩咩——"

这回先生真生气了，有心找董全忠告状，可又知道小北川有名的"嘎"小子，什么都不怕，想着换个方法训诫董存瑞。

傍晚，董全忠见先生突然来家造访，猜想事必有因，赔着笑迎上去："刘先生，你来了，是我家四蛋儿……"先生看了看正埋头吃饭的董存瑞，乐呵呵地说："对啊！今天来就想和你们商量商量，能不能让四蛋儿上学。你们看，他也老大不小了，总该'睁睁眼'识几个字，以后好找媳妇吧？"

董全忠望着先生，叹息着："这念书倒是个好事，就是我家，这……这……"先生明白董全忠想要说的意思，忙说："这什么呀。老董，你不用担心，我不收学费。明天你就送四蛋儿上学吧！"

可以正大光明走进小学校了，这可是董存瑞做梦也没有想到的。他东瞧瞧，西看看，什么都感到新奇，摸摸这儿，拍拍那儿。等他按先生要求坐下来，手背在身后，抬头挺胸，一动不动地望着前面，才知道读书识字是要付出代价。

头几天，他还坚持着，能认认真真坐着听先生讲"尺璧非宝，寸阴是竞。资父事君，曰严与敬。孝当竭力，忠则尽命"，可怎么也读不会先生说的词，反倒满脑子都是蓝天白云、山花野草、树木庄稼，甚至还有小毛驴。

有一天，先生发现这个站不稳、坐不住的小家伙很喜欢画画，只要离开学校，总见他手里拎着个木炭棍，不是在墙上画漫画，就是在地上画鸡鸭猫狗。先生觉得董存瑞还是块可造之材，可他没想到这个调皮的孩子，胆子可不是一般的大。

那天早上，先生来上课，见学校门口墙上有幅刘大肚子给鬼子舔屁股的漫画。他肯定是董存瑞干的，因为"舔"不会写，用刚学的"天"代替，"屁股"和"猴"也不会写，画了个猴屁股。

先生把董存瑞叫到自己休息的小屋，悄悄问："墙上的画儿是不是你画的？"董存瑞理直气壮地回答："是，咋的，画得不好？"

先生压低声音说："乱写乱画是要惹祸的。"

"惹祸？惹啥祸！"董存瑞眨巴着眼睛，吃惊地说，"我高兴咋样就咋样！"

"你高兴了，可鬼子和刘大肚子看着就不高兴了，非要了你的命不可。"

董存瑞胸脯一挺："我才不怕他们呢！"

"你不怕我怕！这要让刘大肚子看见了，我一家老小还能活吗？你快去把它擦了吧！"先生急得用右手拍自己的大腿。谁知董存瑞头一扭，坚决地说："不怕！我画上去就是让他们看的！"

"你擦不擦？"先生拿起板子吓唬他。

"不擦！不擦！就不擦！"董存瑞执拗地说。

"不擦！把手伸出来！"先生命令着。

董存瑞盯着先生手里的板子，眼珠一转，趁他不备，一把夺过来，使劲儿摔在地上，用脚猛跺两下。先生看看"戒尺"断了，举手要打董存瑞，可他一低头，转身跑出学校。

　　董存瑞再没到学校去，可街上骂鬼子、汉奸的漫画却渐渐多了起来……

第二章　英雄"孩子王"

1

顺东沟下来，就是草庙子，北有陈家铺、甘泉庄；南有常庄子、常寨子；东部隔着山是石盘口，再往东就是武家堡；西部偏南是焦家沟、南山堡、杨家山。

这片山连山，沟连沟，彼此相通，互相往来的通道，将村村寨寨连在一起，在相对平整的地方，曾是百姓的聚居地。

沿着这条线采访，我发现武家堡、孙家南沟在日寇与国民党统治时期，就已变成了"无人区"，仅有百姓曾用过的水井、石磨、碌碡和残垣断壁。

面对大片空无人烟的山林，清澈见底的水井，抚摸着巨大的石磨，倚在残垣断壁旁，听飞鸟啼鸣，看蜂蝶起舞，山花野草，一片寂静，半截石墙沉浸在老院破屋的旧梦里，仿佛仍在向我们诉说战争的不幸。山川流水，沃野平畴，我好像穿越到八十年前的那段岁月。

1940 年春天，中国共产党在岭北大海陀（今赤城、怀来、延庆三县交界的山脉）建立了抗日根据地。不久，原本少有抗日活动的小北川，便成了常有八路军的游击区。

　　八路军到了小北川的消息传开后，许多地主老财，特别是平时欺压百姓的有钱人，吓得不得了，纷纷逃到城里。而城里的鬼子、伪军更是恐慌，今儿抓兵征夫，明儿强迫百姓挖战壕、修岗楼、架铁丝网。那里的城门也都加岗增哨，每天太阳还没落山，就早早地关闭了城门。

　　"八路军是领导穷人打土豪、分田地，打鬼子、除汉奸的队伍。"十来岁的董存瑞听私下里大人们念叨，心里也盼着：什么时候能见见这样的队伍，那该多好啊！

　　一天晌午，从沙城来了一队日伪军，到各村宣传反共。他们四处张贴标语、漫画，说八路军红头发、红鼻子、红眼睛、巨齿獠牙，到处杀人放火、共产共妻。他们扬言私藏八路知情不报，皇军知道斩首示众。

　　别看董存瑞年纪小，可他聪明伶俐，善于思考，心里自然明镜似的。鬼子、伪军的把戏，怎么骗得了他？不过共产党、八路军到底长啥样，他可真的想见一见。

　　一天，董存瑞砍柴不小心把手划了一道大口子。爹让他在家歇着，独自赶着毛驴上山了。可快晌午爹还没回来，娘担心是不是磕着碰着，或被鬼子、伪军抓走，急得在屋里来回转悠。董存瑞猜着娘的心思，从炕上跳下来，说："娘，你先别急，我去找爹！"他顺手抄起门口那把小镰刀，径直奔向北边。他常和爹到山上砍柴、割荆条，知道哪的柴草茂盛，也知道爹最喜欢去的地方。他一溜烟儿跑远了，并不知道娘迈着小脚跟到门口，倚着门框望着儿子远去的背影，又平添了一份牵挂。

董存瑞一路小跑到了北山坡，大老远就瞧见自家小毛驴在树下吃草。驴见到小主人，欢喜地甩着长尾巴，摇晃着毛嘟嘟的大脑袋。董存瑞跑过去摸着驴鼻子，问："爹呢？"小驴竟冲着沟里尥起后蹄。董存瑞拍了下驴的长耳朵，双手喇叭状放在嘴边，扯着嗓子喊："爹——"

"在这呢！别像驴叫似的那么大声！"爹闷声闷气地训斥着。董存瑞循声过去，发现爹用身子挡着沟边一块大石头，后面像还有个人。

那人看来的是个孩子，从旁边闪出来。董存瑞看那人头裹白毛巾，身穿对襟青布褂，脚蹬毛边布鞋，和爹说着什么。他凑过去看人家腰扎宽皮带，斜挎文件包，还别着把盒子枪。爹不住地点头，偶尔也插上一两句话。董存瑞静静地在一旁，像什么也没听懂。

那人说："大叔，咱县大队在阎家坪片石嵯打了伏击，消灭三十多个鬼子、伪军，缴获两门迫击炮、一挺机枪、三十多支步枪，还有其他战利品……"

"太好了！八路军真棒！"董存瑞一下全都明白了：爹身边的年轻人肯定是八路军的官。他忘乎所以，竟鼓起掌来。爹拍拍他的头，跟那人说："我儿子四蛋儿。"他转身叮嘱董存瑞，"这八路军可是咱老百姓的队伍，是给咱穷人撑腰的。"董存瑞压低声音说："爹我知道。你看他打扮跟咱庄户人不一样。不过爹，咱可得保密，别让鬼子、汉奸知道了。"

陌生人站起来，热情地拉住董存瑞的手，笑着说："小兄弟，说得很对！我姓石，以后就叫我石同志。"董存瑞眨了眨眼，问："石同志，你是真八路？"说着就用左手比画了一个"八"的手势，"什么时候我也能当真八路？"没等石同志回答，他情不自禁摸了摸人家腰间的盒子枪。

"等你长大了就能参加八路军！"那人笑了笑，用手摸了摸董存瑞的圆脑袋，轻轻摇了一下。

董存瑞初识八路军，萌发为穷人撑腰的思想，就是受龙延怀联合县三区首任书记石裕民的影响。

2

石裕民，1911年生于宛平县沿河城（今属北京市门头沟区），学生出身，早年辞别家乡投身革命。龙延怀联合县政府在阎家坪成立后，党派他以长工身份在沿途各村进行秘密宣传，开辟抗日根据地。与此同时，沙城日伪军也盯上小北川这块肥沃土地，先后在土木、石盘口、王家楼村安上据点，建立大乡，企图控制周围各村。在这种情况下，石裕民要开展工作非常艰难，但他不畏艰险，走遍小北川每个村庄，经过一冬一春不懈努力，终于在三区所辖村寨都站稳脚跟，不仅发展党组织，还建立了基层人民政权。

石裕民注重建立农民武装，在各村相继成立农民自卫队，还按年龄分成老年队、中年队、青年队和儿童团。这些武装起来的农民手持大刀长矛，站岗放哨、传送信件、警戒敌人，保卫家园，捍卫着红色政权。

南山堡较早参加县大队的农民叫魏玉章。1942年春，他在孙家南沟激战中负伤，后经批准回乡养伤。

在南山堡养病期间，魏玉章在村里秘密发展党员，组织基干民兵队伍。伤愈后又根据上级指示，担任南山堡村基干民兵队队长。在他带领下，民兵破坏敌人交通、电线，埋地雷，袭扰沙城日伪军，配合县大队开展游击战，有力地削弱了后方敌人的势力。

十三岁的董存瑞在这种环境下，耳濡目染深受鼓舞。有时他去观察民兵如何制作土枪、土地雷、手榴弹等简单武器，有时还去听民兵讲从鬼子手里夺枪的经历。

三区红色武装就像钻进铁扇公主肚子里的孙悟空，在敌人的腹部折腾，有力地打击了敌人的嚣张气焰。然而敌占区的情况错综复杂，小北川有共产党，也有汉奸特务，有好吃懒做、欺压乡里的地痞流氓，也有土匪混居在广袤的土地，混杂于百姓之中。

由于工作需要，石裕民调到怀来八宝山、鸡鸣驿一带，担任抗联主任开展七区工作。一天他正在水窑沟村发动群众进行秘密宣传，被叛徒出卖，不幸被捕。日伪军想方设法使他屈服，威逼利诱不行竟用酷刑，企图摧毁他坚强的意志。然而无论敌人怎样严刑拷打，石裕民始终大义凛然、威武不屈。

1942年4月，石裕民对着前来送行的群众疾呼："乡亲们，日本帝国主义杀死我们多少同胞？血债一定要用血来偿还！大家团结起来，将侵略者赶出中国！打倒日本帝国主义！中国共产党万岁——"

从父母交谈中，董存瑞得知石同志因叛徒出卖，被日伪军活埋于下花园。他痛恨叛徒，为石同志牺牲而难过，由衷地敬佩共产党、八路军。在他心里，石裕民就是像岳飞一样的大英雄。

3

龙延怀联合县三区书记后来换了河北新乐的苏冀，一到任就成立了十余人的区小队。在打击特务和小股伪军，开辟川下抗日村庄方面，苏冀做了一些努力，但此人生活腐化，经常大吃大喝，乱搞男女关系，受到党内批评，仍不悔改。更严重的是，1943年秋，他带着区小队，在甲嘴村边抓了一个修平张（北平—张家口）公路的日本工头，还将此人带回区委驻地杨家山村，以人质为由，向其索要钱财，进而又向沙城日军要手枪、子弹作为释放条件。

他派人谈判结果什么也没捞到，连人质也被沙城四大队给抢回去了。事后，他不向组织汇报，也没吸取教训。同年

11 月，县委在赤城里石峡召开会议，给予苏冀党内警告。

苏冀对这一决定极为不满，当时就离开县里。一天晚上，假借执行任务，带着区小队成员从杨家山出发，经下耙齿至沙城，投奔了汉奸范子信，充当了特务队队长。

其后，三区武委会主任李占林又带着焦家沟的何有仁、南山堡的董树吉、秦家沟的牛之喜、三清殿的陈义四投靠苏冀，成为可耻的叛徒。

由于苏冀等人相继叛变，三区抗日根据地蒙受重大损失，也给继任者王平的不幸埋下伏笔。

王平，河北省任丘县白洋淀附近某村人。1942 年初，由晋察冀边区调到平北工作，曾兼任龙延怀联合县工人抗日救国会主任，后担任龙延怀联合县农民抗日救国会主任，在平北工作期间曾两次负伤。

王平是个高鼻梁、大眼睛、膀大腰圆、声如洪钟、英俊豪爽的年轻人，特招青年、儿童喜爱，对董存瑞的成长起着至关重要的作用。

1943 年秋的一天下午，王平到南山堡坚壁清野，突然村外响起枪声，原来是日伪军将村子团团围住了。怎么办？刚跑回家的董存瑞看到王平，机智地将他藏在席卷里，还在旁边倒了一筐驴粪，然后若无其事地坐在一旁择豆角。

小鬼子冲进院子，用刺刀对着他的胸膛问道："八路的，哪里去了？"董存瑞一言不发。跟在后面的汉奸急忙掏出一块银元，嬉皮笑脸地走过来："告诉我八路藏哪儿了，这块大洋就是你的了。"说完还把硬币抛起来，再接到手里，用拇指和中指卡住边沿，放到嘴边吹一下。董存瑞装着傻乎乎的样子，凑过去看了看，边摇头边说没看见。

敌人在院里翻腾一阵，什么也没找到。一个日本兵端着刺刀朝席卷冲过来，脚下一滑摔了个屁股蹲，急忙捡起掉在地上的枪，摇晃得站起来，叽里哇啦一阵，骂骂咧咧地出去了。汉奸一看鬼子走了，跟着也跑出了门。

董存瑞智救王平的故事在小北川传开，人们都夸他是"南山堡的'王二小'"。从那以后，王平每次到南山堡指导工作，都要到董存瑞家看一看，给他讲革命故事，讲石裕民英勇牺牲的事迹。董存瑞总有一股生龙活虎的劲头，王平格外喜欢，可听家里外面都叫他"四蛋儿"，觉得名字不够响亮，说改叫"四虎子"才符合他的性格。

董存瑞好奇地问是哪四虎，王平抚摸着他的头，笑着说："虎头虎脑、生龙活虎、如虎添翼、虎虎生威。"

董存瑞喊爹娘赶紧过来，让他们当着王平的面喊自己"四虎子"。可爹娘叫惯了他的乳名，一下改不了。直到南山堡儿童团成立，团长"四虎子"的名字才叫开了。

4

南山堡村抗日儿童团成立大会那天，王平一早从三十里外的大海陀赶来。

校园里喜气洋洋，王平和杨老师坐在高台上，望着三十多个孩子甭提多高兴了。王平介绍成立抗日儿童团的意义，还讲了当选儿童团长该具备的条件。他说："我们成立抗日儿童团先要选思想觉悟高、学习好、能干、办事公道、有领导能力的当团长，带领大家开展抗日活动，你们考虑考虑选谁？"

孩子们左看看，右瞧瞧，指手画脚，相互议论，比谁符合条件。台上的杨老师站起来，用手轻轻示意大家静静，说："咱们实行民主选举，先提三个候选人，然后举手表决，谁票最多，谁就当南山堡的儿童团团长。"

杨老师是上级派到南山堡村当小学校长的，思想进步，教学方法新，孩子们都喜欢上他的课，最主要的是穷人的孩子都能来读书了。他们不光学知识，还学唱歌，学画画，可以爬山上树，做其他运动。

杨老师刚一讲完，坐在最后一排的董存瑞就站起来，忽闪着两只大眼睛，瞅瞅王平，又瞧了瞧杨老师，好奇地问："王平同志，儿童团长都管啥？发不发枪？"

"抗日儿童团是爱国儿童自己的组织。儿童团团长的责任很重要，除了学习好，还要以身作则带好头，领导儿童团员站岗、放哨、查路条，配合村自卫队打鬼子、捉汉奸、抓特务、拿懒汉，帮助抗日民主政府做好抗日工作，只是不发枪。"王平笑了笑，"不过你们会有自己的枪——红缨枪啊！"

听完王平的解释，董存瑞豁然开朗，拍着胸脯，大声说：

"大家不用选了！咱村的儿童团团长我来当！"小伙伴们扭过头，望着他，忽然全都鼓起掌来。

王平说："四虎子，你没听杨老师讲这儿童团团长不是谁想当就当的，得民主选举表决才行。"

不知谁喊了一句："我们就选四虎子当团长。""对！同意四蛋儿当团长。他是南山堡的孩子王！""同意！同意！"三十多个声音像是事先商量好的，一齐表示赞同。

"四虎子胆大心细、有组织能力，不过他的学习成绩……"杨老师看了一眼董存瑞，低声说。开始，董存瑞听杨老师表扬他还不好意思地低下头，一听说他学习成绩，急得赶紧摆手示意让别说出来。

他鼓足勇气，三步并作两步跨到台上，红着脸说："我的学习是不好，可当了儿童团团长就要带好头，绝不给杨校长丢脸！"

王平看着杨老师，四目相对，点了点头。杨老师说："好！我们同意四虎子当南山堡的儿童团团长，但一定要好好学文化。这对做好工作是有很大的帮助啊！"小伙伴们鼓起掌来，齐声喊："四虎子，好样的！四虎子，好样的！"

董存瑞看看王平，又望了一眼杨老师，瞅着台下支持自己的小伙伴们坚定地说："看我的！以后咱南山堡儿童团一定是个英雄的儿童团。"

王平站起来，问台下小朋友："你们是不是都同意四虎子当南山堡儿童团团长？"

"同意！"台下的孩子们全都举起了手。

杨老师说："现在大家一致通过了儿童团团长的选举，私下里可不能再反对啊！"

"不会的！"孩子们齐声喊道。

"南山堡儿童团的成立、团长的选举，都是为了让我们不再受日本侵略者和汉奸的欺负。"王平清了清嗓子，接着说，"大家要听团长的安排。儿童团团长要服从上级领导的安排。你们能不能做到？"

"能！能！能！"孩子们的声音在南山堡上空久久回荡。

5

王平盼着这支小小的抗日队伍快快成长，更关心儿童团团长董存瑞的进步。董存瑞性子直、脾气犟、说一不二，团长的成长，其实就是儿童团的成长，所以王平工作再忙，也会抽时间到南山堡指导儿童团工作。

这天，王平走进南山堡小学，见院子里空无一人，教室也没一个孩子，心里"咯噔"一下，赶忙奔小西房去找杨老师。杨老师正低着头判作业，王平问："杨老师，孩子们都去哪儿了？"杨老师放下手中的笔，招呼王平进屋坐下，倒了一碗白开水，笑着告诉他："王书记，你放心吧，都挺好的。董存瑞带着团员们到村边的打谷场练兵去了！"

"练兵？练什么兵？"王平惊奇地问。杨老师说："董存瑞是个十分要强的孩子，自从当上儿童团团长，学习进步了，对儿童团的工作也特别上心。他处处带头，领着小伙伴们学习村自卫队的样子，下了课，带着儿童团员去练兵。你去看看吧，他们练得有模有样呢！"王平听了，再也按捺不住心情，放下水碗，说："走，咱们一块儿看看去！"

此时，黄山被夕阳的余晖涂上了一层淡淡的红粉，打谷场传来嘹亮的歌声。王平远远看见肩扛红缨枪的董存瑞正带着儿童团雄赳赳、气昂昂地站在打谷场指挥团员操练。王平不愿打扰他们，拽了一下杨老师的衣襟，悄悄地钻到看热闹的人群里。

董存瑞指挥着大家站队、操练，样样要求十分严格。谁的动作不到位，他就亲自示范，手把手教。旁边有人说了一句："别看四虎子'嘎'，还真有两下子！"这时，眼尖的孩子发现人群中的王平和杨老师，举手报告："团长，我发现了新情况！"

"什么情况？快说！"董存瑞大声命令。

"王平同志和杨老师来了！"

"稍息！立正！向右看齐！向前看！报数！"董存瑞一声令下，儿童团员齐刷刷站成三排。

"1、2、3、4……"

等团员们报完数，董存瑞抬头挺胸，两手提到腰间，紧握双拳，转身向王平和杨老师的方向跑去。他立定站好，给王平和杨老师行举手礼："报告王平同志……"话一出口，又觉得不合适，马上改口，"报告首长，南山堡儿童团集合完毕，请指示！"

王平没想到董存瑞来这一手，忙从人群中出来，拍着董存瑞的肩膀："四虎子，真不简单啊！几天不见成大人啦！一招一式从哪儿学的？"

董存瑞一笑露出两颗小虎牙，头一歪，顽皮地说："和自卫队学的！"王平站到儿童团的前面，像首长面对战士一样讲话："稍息！儿童团团员们，你们好！刚才看到你们操练的状态，非常好！你们的团长，表现得好不好？"

孩子们听王平表扬了他们，又问团长四虎子的表现，兴奋地喊："好！""非常好！""好得很！"打谷场上响起一阵阵热烈的掌声……

6

平北抗日民主政府遵照党中央指示"自己动手，丰衣足食"，动员根据地和游击区人民群众开展大生产运动，反对铺张浪费和不劳而获。各村各乡还开展了改造懒汉、二流子运动，让他们积极主动参加生产劳动，整治村里的刁蛮婆婆和不孝儿媳的坏风气。

董存瑞听完王平组织的动员会，带领儿童团员走街串巷，挨门逐户查不下地干活的懒汉，还用木炭在懒人闲坐的石头上写上"磨光石"；在不干活的女人常聚的门口贴上"嚼舌头"

的纸条，发现谁家有人不下地干活，就在院墙上画上漫画，写上顺口溜："不干活，最可耻，好比养猪等吃食。猪长大了能宰肉，光吃不干不如死……"地主刘大肚子一家老少，和那些好吃懒做、不爱干活的人，再也不敢在街上闲坐，也不敢在家里待着当寄生虫，全都乖乖地拿着农具，下地干活去了。

多年来，南山堡人有个坏习惯：每年收秋后，把粮食打进囤。入冬了，不到地里干活的男男女女开始在炕头上耍钱赌博。女人玩纸牌，男人玩推牌九、打天九、押宝、扣猴、掷骰子等赌博游戏。

有的人家将一年的收成输个精光，还有的将祖上传下来的田地、房产、牲口等都输给了别人。眼看着要过年，这些人愁眉苦脸，望着空空的一口大锅，只有唉声叹气。夫妻不和，吵翻了天，寻死觅活，不得安生，哪有心思对付日本侵略者呢？

董存瑞看在眼里，急在心上。他把儿童团员组织起来，明察暗访抓赌博。他不讲情面，也不怕得罪人，收来的赌具当场烧掉，钱交给农会，对不老实认错或反抗的，扭送到农会批评教育，罚款处分。

南山堡有个外号"二百五"的光棍，每次输了钱就偷鸡摸狗，祸害村里人。儿童团穷追不舍，使他无藏身之地，硬是逼他"金盘洗手"，不敢再赌，老老实实下地干活。

儿童团的行为，挽救了不少赌徒的家庭，深得百姓支持和赞誉。

7

抗战期间，在日伪政权指使下，"一贯道"打着救世主的幌子到处欺骗不明真相的人，造谣说"天要毁灭，人们要遭大灾大难"，入了"一贯道"就能升天，成仙、成佛免遭灾难。汪伪政府高级官员加入"一贯道"，成为以敛财为目的的教首，胡说日本皇军是来拯救中国人的。

小北川贫穷落后，人们不懂科学，信奉迷信：比方说天旱不下雨，百姓就去烧香磕头、求龙王；人生了病不找医生，反而请神婆子跳大神。有些人听了"一贯道"的宣传，误入歧途。不少村子都有了"一贯道"反动组织。

炮儿村闹腾得凶，十有八九人家入了"一贯道"，给抗日工作带来严重阻力。三区政府知道后，一夜就端掉姓赵的"公坛主"老窝，从他家搜出很多反动材料和搜刮道徒获得的钱财。

董存瑞听王平介绍了有关反动道门"一贯道"的背景、性质及活动情况，心中有底。他想自己首先做到不信邪，全体儿童团员时刻保持高度警惕，严密监视"一贯道"对南山堡的"入侵"。

一天中午，一个女孩儿气喘吁吁跑来报告，说她姑父到她家来，正在劝她父母加入"一贯道"呢。董存瑞听了马上跑去，像王平同志那样把"一贯道"的阴谋讲得清清楚楚。

那人受到教育，表示回去后要说服其他人赶快醒悟，不上敌人的当。

由于董存瑞带领儿童团配合农会、青救会、妇联会把各项工作做得全面而深入，南山堡的确没有一人加入反动组织"一贯道"。

8

南山堡村东有座帽顶山，山上栽着高低不等的两棵树。这两棵树可不是一般的树，是预示敌情的"消息树"！消息树不都是每个地方一棵吗，怎么在南山堡的帽顶山却栽种着两棵呢？要说起这个故事，还得说它是董存瑞的一大发明啊！

在别人眼里，儿童团站岗、放哨是很普通的事儿，只要按时接班、坚守岗位、发现敌情及时报告，可在董存瑞眼里却非同寻常。他认为站岗放哨是关乎全村安全的大事，来不得半点儿马虎，稍有疏忽就会给乡亲们的生命财产带来损失。

董存瑞发现南山堡村坐落在半山坡上，不论村里村外一抬头就能看到种在山头上的"消息树"！儿童团刚成立时，帽顶山上只栽了一棵"消息树"，以它的倒向作为敌人来的方向，但有一点儿不足，不能说明敌人离村子远近！比如：消息树向北倒，敌人由南边来，可距离村庄远近却无法知晓。如果行动太早，敌人改变方向，不到南山堡怎么办，不就徒增全村的紧张气氛？倘若行动迟缓，又被敌人包围，百姓来不及逃跑，被堵在村里不就造成了重大损失？

有一次，人们正在地里锄苗，突然发现帽顶山上的消息树向北倒了，发现敌人从南面"扫荡"，男女老少都向北面跑，谁知逃出多半天也不见村里有任何动静。原来敌人从沙城出发，到义和堡岔道口拐向了西北的窑子头村，人们虚惊一场，耽误半天劳动。

还有一回，人们看见"消息树"向南倒，以为敌人从北面回沙城，谁也没马上转移。没想到敌人走到二堡子就改变了行动计划。作为负责站岗放哨的儿童团团长董存瑞怎么能不着急？为了这个问题，他一连几天吃不下、睡不着，眼睛都熬红了。

娘见儿子脸都瘦了，心疼儿子，煮了几颗鸡蛋让他带着上山散散心去。董存瑞把小毛驴赶到南坡吃草，独自靠着一块大石头琢磨办法，忽然，他听到有人喊："狼来了！"只见对面山头一大一小两只羊大声叫着，带领所有羊群向他这边跑来。董存瑞迎上去，从小羊倌手里夺过鞭子，"啪啪"几声响鞭把狼吓跑了。

这次意外遭遇，让董存瑞茅塞顿开：在同一个放哨的地方栽上高低两棵"消息树"：高的倒了，预示着敌人来的方向；低的倒了表明敌人离村近；高低树同时倒，是告诉乡亲们，敌人离得近，来的人数也多。董存瑞高兴地赶着小毛驴回村，把这一想法汇报给民兵队长魏玉章。大家开会时，村干部都夸："四虎子真有办法！"

第二天，帽顶山上就有了一高一低两棵"消息树"。从那以后，南山堡的安全预警再没出现差错。王平对董存瑞的这一发明给予了很高评价，还提倡在小北川其他地方推广呢。

9

"编筐编篓，能养九口。"自古以来小北川家家户户都会编筐编篓，卖了钱贴补家用。虽说收益不大，但也是一项家庭副业。每逢沙城集市，卖筐卖篓的大都是南山堡人。民间有"南山堡，南山堡，祖祖辈辈编筐篓，老的头前领，小的学着走"的说法。

董全忠就是从老辈人手里学会编筐编篓手艺。他编的笸头筐、筛子等器具，品种多、样式新、结实、美观又耐用，拿到集市，懂行人一看都乐意买他的货。董全忠为此也挺自豪。他认为：人活一世三百六十行，必须有一两门手艺，若不是学会了编筐编篓手艺，一家六七口人，别说吃饭，就是喝西北风也得按顿数啊！他决心把自己的好手艺传给儿子，日后好有个生计。

董全忠吃完早饭，叼着旱烟袋，坐在院里选条子。董存瑞扛着红缨枪一步三跳唱着歌儿从外面跑进来。爹看了儿子一眼，说："四蛋儿，别出去了，跟爹学编筐吧。老大不小的，你也该学点儿养家糊口的本事了！"

董存瑞从小就给爹编筐编篓打下手，看样式，可爹真要他认认真真跟着学，他还真不愿意！不过，他眼睛盯着爹身边已经编好的筐，心想，要是给那两棵"消息树"戴上两顶大"草帽"，嘿嘿，站岗放哨的团员不就再也不被日晒雨淋吗？想到这儿，他笑着一边答应，一边给爹提意见："爹！以后不兴叫我'四蛋儿'了，我都是团长了，多不好听啊！"董全忠瞪了儿子一眼，倔倔地说："你是我儿子，多大也这么叫，看你咋的！"

董存瑞进了屋，狼吞虎咽地吃了一碗饭，抹了抹嘴，转身出来，蹲在爹的面前，仔细观察爹怎么编筐。董全忠见儿子今天这么听话，心里美滋滋的，想儿子学好手艺，可以养家糊口。有了本事，可以早点儿娶个媳妇，省得一天到晚不是站岗放哨，就是想着打鬼子。

董全忠暗自欢喜地把柳条铺开，说："只要用心学，这编筐也不难。"董存瑞是个有心计、肯动脑筋的孩子，只要他想了解的事，就没有学不会的。他让爹教他打筐底，再教他编筐帮，最后教他怎么收筐沿儿。掌握了编筐编篓的基本要领，不一会儿，他就编好了两个大筐。虽说不精致、不美观，可爹却高兴得很，其实他哪知道，儿子心里想的是那两棵"消息树"，是站岗放哨、监视敌情的儿童团员。

在帽顶山上放哨的两名团员，远远瞧见团长头顶着两只大筐快步走来，急忙迎上去问："四虎子团长，你弄这俩玩意儿干啥？"

“给这两棵树戴帽子。”董存瑞喘着气，把两只大筐分别套在“消息树”的树冠上，得意地说，“怎么样？”两个小伙伴发现树有荫凉了，这才明白团长带筐上山的意思，乐得可劲儿鼓掌。

他们你一句我一句说着给“消息树”戴帽的好处。董全忠背着粪篓，拿着粪叉走过来。董存瑞以为爹生气，上山是找他算账呢，转身想走。“站住！”董全忠唬了一声，把粪筐粪叉往地上一扔，倒背着手走到“消息树”跟前，仔仔细细打量套在树冠上的大筐，点了点头，转身瞅着儿子说：“四蛋儿！啊，不是！四虎子，你咋不早说呢？我要知道你编筐是给这两棵‘消息树’戴，就不用你动手啦！爹就给你们编啦！”

董存瑞望着一向对他板着脸的爹，心里异常感激，双脚打了个立正，右手举起来：“敬礼！”

第三章 勇敢的小民兵

1

当了一年儿童团团长的董存瑞，像只走出山林的小老虎，总想一展身手。他想加入南山堡村民兵队，这样就可以参加"破交"(破坏敌人的铁路、公路等交通道路及通信线路)行动，消灭日本鬼子和汉奸特务。

一个秋日的深夜，天阴得比锅底还黑，南山堡民兵都到打谷场集合。王平布置此次"破交"任务，董存瑞悄悄地钻到队伍后面，等着一起出发。

王平早就看到了他，布置完任务，用手电照了照队尾的董存瑞，喊了一声："四虎子，你来干什么？"董存瑞眨眨眼，低着头说："这还用问？跟你们去参加'破交'行动！"

王平摆摆手，严肃地说："'破交'是民兵队的任务。你还小，不能去！服从命令，快回家！"董存瑞瞥了王平一眼，转身离开队伍，嘴里嘟哝着："别瞧不起人！金刚钻倒是小，还能锔大缸呢！"

队伍出发了，董存瑞像个小尾巴似的，紧紧地跟在队伍后面。队伍走他走，队伍停他停，始终保持一段距离。王平走在队伍前面，始终未发觉董存瑞。

董存瑞第一次参与大人们的行动，原以为"破交"像上山割荆条一样，只带了一把给小毛驴割草的小镰刀。

半个多小时急行军，队伍到了沙城大干线北部，按计划分头行动。董存瑞蹑手蹑脚，动作麻利，像只小猴子似的爬到电杆上，从腰间取下小镰刀，伸手就去割电线。此时他才发现，镰刀小，派不上用场，可又不甘心白来一趟，如果什么也没干成，被村里的民兵们知道，还不笑掉大牙？

他咬紧牙关，使出浑身力气，硬是把电杆顶部横着的一个钩瓶拧了下来。由于用力过猛，一下没抓住，钩瓶掉到地面的石头上，"啪"的一声，摔碎了。等他从电杆上下来，能捡起来的，只有铁弯钩了。

再说董全忠，大半夜的，正为没回家的儿子着急上火呢。他怕老伴儿睡不踏实，没敢吭声，悄悄喊了三闺女分头去找，可把全村转了个遍，竟连个人影也没看见。董全忠想起侄子存理：这小子，一天到晚和他哥在一起，问问他去。

董存理告诉大伯："我哥老叨念参加民兵，会不会跟着队伍'破交'去了？"一听说儿子"破交"，董全忠更急了。他知道这是个危险活儿，那可不是小孩子干的，弄不好是要丢命的。他不敢多想，满脑子只盼儿子平安。

这时，"破交"民兵回来了。董全忠迫不及待地挤进人群，东找西寻也不见儿子，拉住王平问："王同志，四虎子咋没回来？"王平被他问得一怔，又见老人心急火燎的样子，问："咋？四虎子没回家？"董全忠说："这孩子越来本事越大啦！"王平拉住董全忠的手，安慰着："大叔，你先别着急，我这就派人找他。不管咋样也要把四虎子找回来！"

他们正说着，就见董存瑞打着口哨儿出现在面前。他看见王平，神气地举起手中的弯钩："王平同志，这可是咱的战利品！我上交了！"

王平用手电上下照了照，看他没受伤，又瞧那一脸得意，又气又爱。他故作生气，指责道："四虎子！我的话你都敢不听？让你回去咋没回家？"董全忠得知儿子是不服从命令，偷着跟在队伍后面参加"破交"，抬手就打。王平用手一挡，拦住董全忠："大叔，消消气。四虎子犯纪律，责任在我，是我没发现他跟在队伍后面参加行动。要怪就怪我吧，好歹他全全活活地回来啦。"

王平拿过董存瑞的战利品看了看，拉着他的手，耐心地讲："四虎子，纪律是革命的保证。革命队伍里的人如果都不守纪律，怎么打敌人？你看我们的手，伸出五个手指是分开的，就没力量，可要攥成拳头打出去，就会凝聚全部力量。个人服从集体，这是共产党、八路军必须遵守的纪律！"

董存瑞明白了，原来这叫"自由主义"，是"无组织无纪律"的表现，叫"个人主义"。作为儿童团团长，自己竟带了个坏头，犯了严重错误。他郑重地表示："王平同志，明天开总结大会，我要主动检讨，让大家吸取这个教训，以后服从上级命令，再也不擅自行动。"

2

1944 年农历八月十六，通信员小张陪同县财政科科长郭廷杰从大海陀到三区，组织开展抗日工作。他们跟随王平到了常庄子，召集周边各村干部开大会。

常庄子村是个以许马常三姓为主的小村，群众基础好，是三区主要活动场所。会后，周边的村干部和秘密党员回到各自村子。王平三人离开常庄子，向西南步行约两里到常寨子借宿。常寨子以李姓为主，临山，有三个堡门，可守可退，易于隐蔽。

东北角是村大门，由常庄子方向来的人都走此门。白天有人站岗、放哨、查路条；夜晚上锁封闭通行，村民不进出、外人进不来；如有送信的，可敲打门闩将信从门缝塞进来，有人负责取信。

东南原本有个南门，不知何年何月的一场暴雨，将南门冲毁。其实往南是一片庄稼地，钻进去，就是进了青纱帐。

村西较东边低平、开阔，正西有山阻隔，出村只能向南、向北。杨家山是三区政府所在地，与常庄子、常寨子形成大三角，常寨子距杨家山更近，干部往来多经此地。

王平等人来到村东冀家，大嫂忙着和面、烧水、热油锅。小张笑着问做什么，大嫂说一会儿就知道了。小张背着大枪到门口站岗，老冀向王平汇报："最近苏冀带着特务队到各村拉拢、恐吓、暗杀干部和进步群众。"郭科长说："三区的工作不好做啊！"王平坚定地说，"不好做也得做！目前就是要和特务周旋，给村干部和秘密党员鼓劲儿，否则，支前工作举步维艰。"

大嫂端着炸糕进屋，郭科长看着色泽金黄，外皮焦脆的油炸糕，不知怎么吃。王平说："趁热吃，咬一口黏软耐嚼。"他拿了一个给郭廷杰，又拿了一个给门口的小张，自己也抓了一个咬了一口。

村东的大门被人敲得"哐哐"直响……

3

值班的人纳闷，这么晚了，是什么人送信？肯定是急事，否则不会这时候送信！他披上破棉袄从屋里出来。山区秋凉，一早一晚很冷，不穿厚实点儿准感冒。他打了两个喷嚏，拽了拽衣领，紧走几步。

到村口，隔着大门喊："谁啊？这么晚？"

"送信！"

"把信塞进来吧！"

"快把门打开！"外面人发怒了。

取信人把耳朵贴着门板上，"哎呀妈呀！"他暗自叫了一声，撒丫子往回跑，外面有人从旁侧外墙爬上屋顶。

临街的李文敬也听到声音。他是村里的基干民兵队小队长，又是县组织部部长刘全仁介绍加入组织的老党员。村外这么大动静，不知发生什么事。他急忙披上老羊皮袄出来，一只胳膊还没来得及伸进袖筒。

子弹飞过，打得老羊皮袄"噗噗"直响。

枪声说明一切。李文敬无法返家，只能一个劲儿地往前。他知道那里有个菜窖（北方人冬天储存大白菜、土豆、红薯的地洞），洞口就在那边。

他迅速扒开盖子，躲了进去。小洞里有喘息声，李文敬一问才知，是值班人！李敬文不知挨了几枪，庆幸穿着老羊皮袄。谁知那人低沉地说了声："血！"

这时上边有人喊："快出来吧！再不出来我就开枪了！"他们屏住呼吸，忍耐着。突然，"扑通！扑通！"两块大石头砸下来。好在那人往里挪了挪，让李文敬挤进侧洞，石头砸在老羊皮袄的袖子上……

4

枪声越来越密，是敌人进村了，冀家距村口那么近，王平早就听到动静。南门距此不远，冲出去就是"青纱帐"，如等敌人占据东边小山包，居高临下，一封锁整个街道，明晃晃的月光下，恐连只猫也跑不掉。

王平带着郭廷杰和小张趁敌人还未部署，快速穿过街道，拐到路南，从一扇隐蔽的小门进去，插上门闩。从外面看，这道门像宅户人家的街门，其实是条秘密通道。巷子很深，村里人叫它"上院"，七扭八拐，朝南，或向西，都可以出村。

郭廷杰原是一区区长。这不，调任龙延怀联合县担任财政科科长时间不长，他就到三区指导工作，现在跟着王平撤到了李洪金家的小南房，里面还有半截土炕。

这时，特务队队长苏冀站在东头制高点"哇啦哇啦"喊话，要王平和郭廷杰投降，说给他们官做。这个叛徒是怎么知道王平他们开会的呢？

原来焦家沟村有个伪县议员，叫崔福成，不知从何处得到王平等人在常庄子村开会的消息，抄近道直奔沙城报信。苏冀随即带着他的特务队赶到常庄子，可是扑了空，径直向南奔常寨子村。

在内线的引导下，特务队占据了村东的制高点，苏冀点了一支香烟，冲着月亮吐了个圆圈，心想，都说十五的月亮十六圆，的确如此，瞧这夜空仿佛高悬着一面巨大的镜子，照得地面亮堂堂的，别说人啦，一片落叶也难逃密集的子弹。

李文敬躲在窖里，不知过了多久，外面的枪声时紧时缓，也不知郭科长和王书记是否撤出村子。

这天晚上，在南山堡的董存瑞和爹娘还坐在炕头上等着、盼着王平吃炸糕。这都过了中秋，咋还不来？董存瑞望着一轮圆月，盼着有机会再跟民兵队"破交"、埋地雷。他怎么也想不到，此时的常寨子，苏冀带着特务们正虎视眈眈地盯着王平所在的"上院"。

5

特务的影子晃来晃去，王平深知南面开阔的庄稼地已经暴露在月光下，从小南房冲出去的可能性几乎没有。他心里清楚，这一次真的是凶多吉少，便和郭廷杰商量，随身携带的文件是党的机密，不能落在敌人手里。郭科长举着手枪，蹲在窗户下关注着敌人的动静，小张端着步枪守在门口。王平轻轻挪到炕洞旁，点着火，将文件一一销毁。

苏冀看到西南的屋顶冒出青烟，猜到王平把机密文件焚之一炬。他恶狠狠把手一挥，气急败坏地喊："王平，你们跑不了了！快出来投降吧！我可以举荐你做副队长啊！"

王平二话没说，掏出手枪，借着月光，对着高处指手画脚的苏冀就是一枪。谁知有个小特务凑过来，正打在他的脑壳上。苏冀一见他的人被打死了，扯着嗓子吼着："快，开枪！机枪扫射，杀死王平有赏！"

敌人猛烈的火力将院子牢牢控制。王平只能从窗口向外开枪，而敌人的机枪也一直封锁着所有出口，枪声将月夜的寂静击得粉碎。

王平靠在窗下的墙上，取出"六转子"手枪的弹夹，里面一颗子弹也没有了，哪有还击之力？怎么办？他望了望身边的战友，平静地对郭廷杰说："咱出不去了。死也不能当俘虏。你先打死我。"郭廷杰含着泪点点头，举起手枪，对着王平的胸口扣动扳机……

小张抓着郭科长的手，央求着："要死就死在一块儿！科长，你把我也打死吧！"郭廷杰抓住通信员的手，叮嘱他："不！小张，你还年轻，跟我的时间不长。他们要的是我俩的命。我死了，你把步枪和王书记的那支枪砸了，带着我的枪逃出去吧。这支是'三八式'手枪，二十五发子弹所剩无几，如果他们不杀你，能出去就要想办法向县里的领导说明我们死的情况。"郭廷杰交代完后，举起手枪，对着自己的太阳穴。

枪响了，郭廷杰倒在了王平身边。通信员流着泪举起大枪朝炕沿砸去，枪管和枪杆都断了。他又找来铁锤，将王平的轮子枪砸个稀巴烂。

苏冀正嘀咕屋里怎么响起枪声，他命特务停止射击，有人探着身子朝院里张望，突然发现蹿出一个人影。他命令特务下去，将准备钻进庄稼地的小张抓住。

苏冀命人押着小张进屋，一看才知道，王平和郭廷杰已经死了。他命令几个特务将两具尸体抬上，押着小张回沙城了。

小张年纪小，又是通信兵，什么也不知道，被关押一段时间后，敌人逼他当了伪军。没过多久，小张借机携枪跑回大海陀革命根据地，把王平和郭廷杰牺牲的详细情况，汇报给县领导。

没人知道敌人怎样处理王平和郭廷杰遗体，但他们牺牲的那间小南房，曾一度作为缅怀凭吊之处。

2018年8月，我到常寨子采访，听现任支书、李文敬之子讲，那天，父亲屁股中了一枪，被人拖上菜窖，后被送至大海陀后方医院，可身上的那颗子弹，直到20世纪70年代才取出来，保存的这颗手枪子弹，成了子孙后代对那个中秋月夜的全部记忆。

穿过一条狭窄深巷，我发现在王平和郭廷杰牺牲的房屋后墙根，盛开着一片明艳的小黄花……

6

小北川人都知道王平对董存瑞的影响很大，谁也不愿告诉他王平牺牲的消息。

一天清晨，董存瑞照例到村口站岗，看见有两个人向这边走来，一个汉子表情凝重，另一个年轻点儿的男子竟抹着眼泪。董存瑞纳闷：一大早下地干活，咋还难过地哭了？他跑过去，截住就问："大伯，哭啥呢？谁欺负你了？"那人哽咽着说："四虎子，你不知道？王平，他……他牺牲了！""啊！怎么？"董存瑞眼睛瞪得溜圆。

听他们的讲述，董存瑞仿佛目睹当时情景，想起那一声熟悉的喊声："四虎子，来，快点儿过来，给你讲个小八路打鬼子的故事……"他再也抑制不住内心的悲伤，叮嘱栓柱站好岗，含泪飞奔回家，他要把不幸的消息，告诉还惦记着王平同志的爹娘……

三区的新书记来了，他叫王福堂，河北完县（今顺平县）人，1940年参加革命，同年7月加入中国共产党，1943年任龙延怀联合县五区青救会主任、抗联主任。

王福堂一上任，就叫三区武委会干事、南山堡民兵队队长耿世昌带他去认识小北川的英雄儿童团团长。一见到董存瑞，他就喜欢上这个率真直爽、虎头虎脑的小民兵。

为配合主力部队作战，三区组织各村民兵"破交"，敌人的六条通信线路都必须割断。王福堂参加了南山堡民兵的"破交"行动。一声令下，董存瑞几下蹿上电杆，割断电线，不一会儿就下来了，动作麻利，仿佛转眼之间。

等电杆被锯倒，王福堂发现，电话线早断了。大伙感到奇怪：每次断线都花很大力气，费很多时间，这次怎么这么痛快？

民兵"破交"使用的都是自备家庭用具：菜刀、斧子、木工锯。那时，谁家会有老虎钳一类工具？王福堂注意到，董存瑞的工具与众不同。他使用的破镰刀头是经过改造后的"锯齿形"。

王福堂惊奇地问："四虎子，你是怎么想出这个办法的？"董存瑞顽皮地一笑，龇出两颗小虎牙。他告诉王福堂，因为第一次偷偷尾随王平他们"破交"，手里的工具一点儿也用不上，心里总搁不下这事。有一回上山割草，他不小心被带锯齿的草拉了个口子。他割下那种草，仔细观察边缘，才发现了其中奥秘。他受此启发，回家就把爹扔在角落的破镰刀头捡起来，用铁锤把刀刃砸出一个个小"豁牙儿"。瞧，这次一试，还真管用呢！

王福堂夸董存瑞干中学、学中干，是个善于动脑的好民兵，还在三区各村推广他的"锯齿镰刀头断线法"。在后来的"破交"行动中，各村的收获都很大。

南山堡附近的焦家沟、三清殿、秦家沟、东梁一线是沙城敌人进攻三区的咽喉要道。为了阻止敌人行动，县大队在这一线的大路、小道和沙河都埋上地雷。每次执行埋雷任务，董存瑞都仔细琢磨在什么地方埋，怎样埋才能消灭更多敌人！他为了做好伪装，找来大人或小孩儿的鞋，有时还找个毛驴蹄子，等埋好地雷，就在上面按上印子，再用帽子轻轻一掸，看上去非常自然。

由于伪装巧妙，多次把日伪军炸得人仰马翻。只要提起这一片区域的地雷阵，敌人就吓得心惊肉跳。三区民兵说："大家都喜欢和南山堡的四虎子一起行动，活干得利落，还不发生危险。"

在董存瑞的影响下，三区民兵斗志高昂，整个小北川的抗日工作开展得轰轰烈烈。王福堂看着一天天成长起来的董存瑞，由衷地感到欣慰。

7

自打参加村民兵队，只要几天没活动，董存瑞就像小猫抓心似的，三番五次找队长要任务，不给就不走。

这天晚上，民兵要到安营堡据点附近"破交"。临出发前，队长耿世昌把董存瑞叫到跟前，让他到据点给敌人送情报。

"给敌人送情报？"董存瑞脖子一扭，倔脾气上来，抱着双臂，往地上一蹲，气鼓鼓地说："就这差事，我才不干呢！爱谁干谁干！"

耿世昌明白董存瑞的心思，把他拉到墙角，低声耳语几句。谁知他一听，一下蹦起来，笑嘻嘻地说："耿大叔，我一个人就能完成。""不行！还是两个人去好。"耿世昌说，"万一遇到点儿麻烦也好有个照应。"董存瑞点点头，从耿世昌手里接过"情报"，与同村另一民兵抄近道向安营堡奔去。

沙城伪军头目范子信的老家就在安营堡。由于特殊的地理位置，鬼子特在这个铁杆汉奸的家乡修筑了一个重要据点，用以限制北山抗日根据地发展，严密监视抗日武装的行动。

此次董存瑞到安营堡，表面是给伪军送情报，实则是借机吸引敌人的注意力，掩护其他民兵完成"破交"任务。

安营堡位于小北川西北，依山傍水，堡墙四角都有岗楼，仅留南门出入。一到夜晚，堡门关得像铁桶似的。墙外有两丈多深的壕沟，还设有铁丝网。南山堡民兵几次想打掉这个据点，可都未能成功。这次必须把据点的电话线掐断，为下一步拔掉这个"楔子"做准备。

董存瑞到达安营堡附近，按事先约定学着猫头鹰叫了几声，"破交"民兵迅速开始行动。在大山的映衬下，天黑得像个无底洞，顺着水口山脚刮过来的过山风，呛得逆行的两个人喘不过气来。他们仔细观察周围环境，发现没啥异常，赶紧弯腰快速移动，刚到堡墙的东南角，就被站岗的伪军发现。

"坏了！"董存瑞暗自嘀咕了一句。伪军发现有人，用手电筒照了照，大声吆喝："喂，干什么的？"董存瑞借机站起来，举起手中的东西晃了晃，大声喊："送情报的！"

"哪村的？"

"永——安——村！"董存瑞拉长声音。

炮楼上的伪军怕上当，迟疑了一下，又问："永安村的？你们保长叫啥名字？"

董存瑞没想到敌人来这一手，幸亏听人说过，永安村保长外号"李大头"。他双手拢成喇叭状，大声回复："姓李，李保长！"问话伪军知道永安村保长姓李，可叫啥他也不清楚，没法再追问。

哨兵将一根系着布袋的长绳从岗楼上放下来，喊了一嗓子："把情报放在里面就行！"

董存瑞趁着天黑敌人不打手电什么也看不见，顺手抓过布袋挂在身旁的树杈上。哨兵拉了几次拉不动，大叫着："这是咋的啦？怎么拉不动呀？"

"先别急，我看看挂在哪儿啦？"董存瑞故作认真地回答。

伪军用手电照了照，果然是挂在树杈上，急忙喊："快啊，快点儿把布袋弄下来！"董存瑞弄了几下，冲伪军大声说："行啦，用劲儿往上拽吧！"

伪军一使劲，董存瑞猛地一松手，差点儿把上面那家伙闪个跟头。他大骂着："你咋搞的？差点儿把老子闪下去！"

伪军又把系着布袋的绳子放下来，"快点儿，快点儿！把情报快装进去！"

董存瑞在墙角发现了伪军扔下来的一个空烟盒，心想：好好再逗戏逗戏这个家伙。他使劲挥了挥左手，说："行啦，拉吧！"

伪军拽着绳子上去，从布袋里掏出东西一看，是自己扔下去的破烟盒，气得又开口大骂："你装的是啥情报？要是成心捣蛋，老子一枪毙了你！"

董存瑞抬起头，冲着伪军喊："你瞧，这黑咕隆咚啥也看不见，刚才取布袋时情报掉在地上，我弯腰捡起来就装，这不是装错了嘛。你给照个亮吧，把绳子递下来，我这儿还有李保长给你们带的好吃的呢！"

一听李大头给带礼物来了，伪军又把长绳系的布袋放下来。董存瑞让身边的民兵把事先准备好的石头装进去，喊了一声："行了，都在袋子里啦，用劲拽吧！"

当伪军把沉甸甸的布袋拉上炮楼，掏出一看，哪是什么好吃的？气得他拉开枪栓，可往炮楼下一看，连个人影儿也没有了。

8

一天晚上，董存瑞参加完区民兵爆破训练回来，兴奋得怎么也睡不着。他就一个人蹲在院里，借着月光，以石头当地雷，搬搬这个，挪挪那个，研究着怎么使用新方法埋地雷。他正全神贯注地摆弄着石头，一个黑影从门外闪进来，站在身后看了一会儿，然后伸手拍了拍他的后背，轻声叫着："四虎子，你先出来。"

董存瑞猛一回头，看到是接替他当儿童团团长的栓柱。这么晚找他肯定有急事。他放下手里的石头，跟栓柱到了门外。

"栓柱，什么事这么急？"

栓柱看了看董存瑞，拉他蹲在墙角耳语几句。

"什么？火药！"董存瑞睁大眼睛。

栓柱轻声说："前天，你教我们用子弹壳做的小手枪，我们都试过了，比弹弓还顶用，可就是没火药啊！你都当了民兵，还参加了爆破组，能不能想想办法，给我们搞点儿那个？"

董存瑞想了想，问："要多少？"

栓柱一听董存瑞回答得那么坚定，忙说：“这还用问吗？打鬼子嘛，当然越多越好。”

“这……”

听栓柱要很多火药，董存瑞眉头紧锁，有些犯难。搞火药可不比挖黄土。再说了，火药是易燃品，弄不好会发生意外的。前些天，他和董连柱研制炸药，不就是因为没掌握好技术，放在碾盘上的炸药突然爆炸，把那么坚硬的石碾盘都炸出一个大坑，幸好没伤到人。为这个事，领导在爆破组的训练总结会上再三强调：爆破组一定要严格遵守纪律。董存瑞有心不管吧，可又怕栓柱说他当了民兵，瞧不起人。他左思右想，还是对栓柱说：“让我想想办法，明早在打谷场上来，等我回话吧。”

董存瑞一夜没睡好，一直想不出怎么为儿童团搞到火药。他数星星，看月亮，想呀想，直到快天亮的时候，终于想出办法来了。

听说董存瑞答应搞火药，栓柱、二蛋儿、三牛、满仓、树林等大点儿的儿童团团员，都高兴地提早到村边打谷场等候。

过了一会儿，董存瑞用破夹袄包着个什么东西跑来了。小伙伴一齐围上去，有的还伸手去接：“四虎子，你真行！从哪儿弄这么多火药？”

董存瑞两手紧紧捂住包着的东西，把它放在地上，小声说：“这是危险品，不能看，都离远点儿！”

小伙伴们着急地喊：“四虎子，你可别唬人，这火药不点不着。你快让我们看看。"

董存瑞轻轻"嘘"了一声，慢慢打开破夹袄，原来里头包的是个像西瓜一样大的地雷。

小伙伴们吃惊地看着董存瑞。栓柱不高兴地说："求你弄点儿火药，你给抱来个这种玩意儿？"

董存瑞指着地雷问栓柱："这里面装的是什么？"小伙伴们一下明白了。栓柱眼睛一亮："四虎子，你是让我们拆地雷？把火药倒出来啊！"

董存瑞看看小伙伴们，严肃地说："想得美！让你们拆地雷？那我来干什么呀？"栓柱担心地说："你倒火药也不行啊！"

"放心吧！"董存瑞看看小伙伴们，拍着胸脯，"这有什么，干这行，我比你们懂！"

他用手掌轻轻托起地雷，说："这个地雷是我们上回在岔路口炸鬼子的，可鬼子没踩着，后来灌进雨水，响不了啦，可这肚子里满是火药，倒出来晒干，足够你们用的！"

三牛害怕了，捂着耳朵喊："哎呀，这……这可不是闹着玩的，万一响了……"

"胆小鬼！瞧把你吓得……"董存瑞抱起地雷摇了摇，又把它放在碾盘上，"没事，我在训练班干过，这叫排臭雷。你们都藏在窝棚后面，等火药拿出来就好了。"他从口袋里掏出一根大钉子，动手就要撬地雷盖。

"没事也不行。"栓柱从董存瑞手里夺过铁钉子，推了他一下，"要早知你拆地雷，我就不让你弄火药了！"董存瑞没好气地瞪了栓柱一眼："瞧你个熊样，怕死离远点儿。哼！还想当民兵呢？快把钉子给我！"

"不给！就是不给！"二人争执起来。不知谁通知的民兵队长耿世昌。队长让一个民兵过来，把地雷收走了。

晚上，全体民兵大会上，董存瑞被狠狠地批评了一通。儿童团团长栓柱跑来承认是自己的错，其他民兵也都说情，董存瑞还做了深刻的检讨，保证以后再也不意气用事，这才继续留在了民兵队，担任爆破手……

9

1945 年，中共平北地委决定撤销龙延怀联合县，成立宣怀联合县。与此同时，建立龙关县。三区由龙关县所辖，主要范围与之前的基本相同，包括草庙子、常庄子、常寨子、石盘口、杨家山、焦家沟、南山堡在内的那些村庄。区委书记仍是王福堂，区武委会主任还是耿世昌。

为配合八路军主力部队解放沙城，根据上级指示，三区区委决定：将十余人的区卫队，扩编成区民兵基干队。

8 月 8 日，全区二百多名基干民兵，集中到庙庄子村召开成立大会。经过挑选，由一百七十人组成民兵基干大队，下设三个分队，每个分队五个班，县武委会刘长升任大队长，区武委会主任耿世昌任教导员。

为了参加三区民兵基干队，董存瑞找耿世昌，软磨硬泡了很长时间，可耿世昌就是不同意，还对他说："四虎子，你的年龄还小，再说了，你爹的年纪大了，家里也得有人照顾，还是以后再说吧。"

　　董存瑞看怎么都说不成，直接去找王福堂："王书记，你给说说，我哪次任务没完成？年纪小，我不也在天天往大长？你常给我讲的小八路，不都比我还小吗？为什么我就不能当民兵基干队员？你还是留下我吧！"

　　王福堂望着虎头虎脑的董存瑞，打心眼里喜欢，可民主政府是有规定的：凡参加区民兵基干队，必须年满十八岁。而董存瑞还不满十六岁。

　　王福堂无法说服董存瑞回去，只好找耿世昌交换意见。他俩最后商议，还是同意把他留下来了。

　　董存瑞得知这个消息，兴奋地抱着耿世昌跳起来。耿世昌笑着说："瞧四虎子，一对小虎牙又露出来了！"

　　参加民兵基干队以后，董存瑞更注重学习，刻苦训练，军事技术提高很快。那时，班里十几个人一支枪，每人两颗手榴弹。大伙都把那支枪当成宝贝，谁都想多扛一会儿。可队里规定：轮谁站岗谁扛枪。为了能多练射击瞄准，轮到董存瑞站岗时，他就多站一班岗，不想把枪交给换岗人。

　　1945年8月20日，三区全体干部和民兵基干队奉命进入离沙城五里地的宗家洼村，准备配合主力部队攻打沙城。

　　大家听说要打沙城，个个摩拳擦掌，劲头十足。22日上午10时，八路军向沙城发起总攻。敌人闻风丧胆，狼狈逃窜。在追歼残敌的战斗中，董存瑞奋不顾身，勇敢冲在前边，配合主力部队，歼灭沙城日伪守军，解放沙城。

进城后，县委书记刘全仁立即召集二区、三区区委主要干部开会，研究部署进城后的工作。王福堂接受县委指示，安排三区基干民兵负责沙城西门和北门的警卫任务。

当王福堂走到城西门时，发现坚守岗位的正是董存瑞。看到王福堂他们走过来，董存瑞打了个立正，左手持枪，迅速抬起右手，向他们敬个军礼，动作干脆利索。王福堂说："四虎子，不错嘛，像个真正的军人了，可惜就是没穿军装啊！"

董存瑞反应快，马上说："王书记、耿大叔，快发我一套军装吧，送我参军到大部队！"王福堂和耿世昌对视一下，会心地笑了。区武委会干事问："董存瑞，怎么跑出个耿大叔？"董存瑞笑着说："耿教导员和我一个村，按辈分应该叫大叔。"

王福堂拍了拍他的肩膀，笑着说："四虎子，在你们村和家里见了面应该叫大叔，可在部队应该称呼首长啦！"董存瑞听王福堂这么一说，不好意思地低着头。突然他抬起头，举起右手敬了个军礼，调皮地露着小虎牙，说："是！首长！"

战斗结束了，三区干部和民兵奉命撤回原地，可董存瑞在解放沙城战斗中的表现，却永远地留在了"龙延怀"的史册里。

第四章 参军上前线

1

为适应新形势需要，上级决定从各区基干民兵中挑选部分人员补充到主力部队。董存瑞是基干民兵中年龄最小的队员，不足十六周岁，不符合规定。可他一直想参加八路军，总嚷嚷着要去大部队，为石裕民、王平报仇，为被汉奸杀害的乡亲雪恨，这次有机会了，谁能拦得住？

王福堂见董存瑞走进屋，心里有说不出的激动：这个被父母、姐姐娇宠的四虎子，从胆大率真的嘎小子，成长为机智灵活的儿童团团长，再到无私无畏的小基干队员，现在又要参军上前线，与敌人去真枪真刀进行战斗。他平复了一下情绪，语重心长地说："四虎子，到大部队更要努力啊！只有不断进步，才能打胜仗！"

望着指导自己成长的区委书记王福堂，听着王平同志改的乳名，董存瑞眼里闪着泪花，他坚定地保证："放心吧，王书记。我一定照你说的去做！"

1945年9月的一天，东方泛着鱼肚白，董存瑞告别了妻子，急匆匆赶往杨家山村，准备参加新兵集训，然后出发上前线。

他绕着山梁飞奔而去，一路想着爹娘，想着妹妹弟弟。想着妻子，他觉得自己真的对不住她。去年参加区小队，时常参与"破交"行动，爹总是不放心，总想着法拴住他。爹压根儿就不同意他到区小队，更别说参加八路军了。

爹深知石裕民、王平同志都是为穷人撑腰的好人，可年纪轻轻的就牺牲了，他们的爹娘该有多难过和伤心呢？推己及人，爹自然不愿儿子去冒风险，更不希望他上前线打仗。谁都知道战场上的子弹不长眼睛。

董存瑞了解爹的脾气，也就顺了爹的意，把媳妇娶回家。妻子姓卢，名长玲，比他大三岁。老话说"女大三抱金砖"，图的就是个吉利。毕竟长玲也是穷人家的女儿，善良贤惠，什么都听丈夫的，他说啥是啥。可长玲隐隐感觉，此次离别似乎不同寻常。

"秋凉了。"长玲说着，从躺柜里取出夹裤夹袄，"跟随大部队不定到哪儿打仗，多带几件衣服，冷了你就套上。"董存瑞掏出夹袄兜里装的"良民证"，往地上一扔，还踩上一脚，说："这是小日本的东西，以后再也不用了。"长玲看着董存瑞十三岁的照片，弯腰拾起来，用嘴吹了吹浮土，又用袖口轻轻擦了擦，小心翼翼地夹进包袱里，低声嘀咕着：

"俺啥时想你了，就拿出来看看。"长玲明白，这恐怕是丈夫留给自己的唯一念想。

董存瑞没敢向爹娘辞行，他不敢透露半点儿消息，还反复叮嘱长玲，千万不要说出去。他也不能去看一眼小妹和小弟，怕他们知道了跟着哭闹，只好在心里默默地说："存梅、存金，你们两个好好陪着爹娘，等哥打完仗就回来看你们。到那时，哥一定带你们到北山去玩儿。"

董存瑞辞别温馨的家，离开爹娘，离开家乡，甚至也没告诉自己的发小和伙伴。他回望家乡故土，长吁了一口气，暗暗地告诫自己，一定要像石裕民和王平那样，做个不怕死的英雄。想着临别时王福堂的话，他更坚定了参军上前线的决心，望着渐渐升起的红日，继续向着前方走去。

2

杨家山位于南山堡村东南，相隔约十里。村庄始建于明洪武二十一年，也就是 1388 年。最初，山西杨姓来此定居，后来发展成村。因地处山脚，取名杨家山。清代中期，孙姓从孙家南沟迁来，杨家外迁，孙姓便成为村里的大户。董存瑞的母亲孙贞有个兄弟就住在这里。

杨家山原是龙延怀联合县三区政府所在地。1945 年 1 月，龙延怀联合县撤销，在头炮村成立了"宣怀联合县"，与此同时，还建立了龙关县，辖怀来一区、三区、四区、八区，而三区，仍由王福堂担任区委书记，所辖村庄，基本还是原龙延怀联合县三区的范围。

此次董存瑞和三区、八区部分参加县大队的青壮年，都集中到杨家山，进行两三天的军事训练。这些刚从儿童团团员到村民兵，再到区基干队员的年轻人，一加入县大队就成了八路军，未来将面对的任务，也非同一般。

集训之后，他们由区小队队长带领，穿过小北川，直奔海坨山。在二炮村，董存瑞看到不同地方来的新兵，都换上了八路军的服装，随正规部队先行出发，而他和那些年龄偏小的战士，都随县大队开拔。

几声猛烈的枪炮声在不远处炸响，前面的高个子，是个瘦瘦的男孩儿，吓得尿了一裤腿。董存瑞吐着舌头："胆小鬼，怕死就别来战场。"

他们一到南沟，就抓紧训练，什么拼刺刀、夺枪，还要训练卧倒和匍匐前进。晚上，躺在黑乎乎的窑洞里，有人说一点儿都不习惯。董存瑞说："家里舒服，那你参军干什么？八路军都像你这样，谁还为百姓撑腰？鬼子汉奸能被消灭？"

窑洞里静悄悄的，大家都明白董存瑞说得在理，谁也不再嘟囔了，也不敢说三道四。

他们在那里等到第三天，夜幕降临时，说要进攻龙关城，命令新兵赶快集合，紧随县大队出发，谁也不能掉队。别看董存瑞人小，个儿也不高，可他不怕走夜路。小时候，他跟爹去北山砍柴、割条子，经常都是深更半夜回家。现在行军，身上就是几件换洗衣裳，轻巧得很，走起来能不快？

他们在城外的一座破庙后面休整待命，不一会儿就接到命令：地方部队和新兵到东门外"守株待兔"，防备伪军从城里逃出去。县大队只有大队长有一把"老套筒"，还是初期的"汉阳造"，还有两颗手榴弹。新兵没武器，所以不能上前线，但在外围要制造攻城的宏大气势。

董存瑞和几个年龄相仿的新兵负责将点燃的鞭炮放进铁桶里，听起来像机关枪扫射。这可是他们的拿手活，在区小队没少干这种事。随行县大队，还带着一个没有炮架的炮筒，虽说仅剩半截了，不是什么"全活货"，此时却能发挥巨大的威慑力。

当然，作用的发挥也是董存瑞的一招：原来出发前，他向舅舅借了工具，找了一棵枯死的杨树，从分杈处锯掉一小截，一直背在身上，谁也不知道他要做什么，现在明白了，敢情是给那门破炮当支架。

伪军头目举着望远镜在城上向外一瞧："哎呀妈呀！"吓得"哧溜"钻到垛口下面，骂骂咧咧的："妈的，八路军在东门外架上炮了，这要不投降，一炮打过来，恐怕连尸骨也没啦。"

10月4日夜，新六团安插在特务队的内应从城墙放下绳索，由几个干练的战士攀城而上，打开东城门，八路军冲进城内，四百多个守城伪军全都乖乖投降。

3

龙关解放了，百姓们拿出最好的粮食犒劳八路军。董存瑞进城后不久，得到一个不幸的消息：40团的战士耿世明牺牲了。他可是耿世昌的弟弟，比自己大十岁，参军还不到一个月。

县大队的首长到老乡家了解新兵吃饭情况，发现董存瑞呆坐门槛，拿着馒头一口没吃，问他："是不是怕打仗，看着死人吃不下饭？"董存瑞急了，眼珠一瞪，说："谁怕？怕就不当八路军了！"他张大嘴巴，使劲咬了一口馒头，起身去锅里夹了一块肉放进嘴里，还故意喊："好香啊，在家也吃不上馒头炖肉呢！"

午饭后，那些年龄小、还未下到连队的新兵集合了。大队长念到谁的名字，谁就站出来，分列站到一边，由被入编的营长带回去，再分到不同连排班。

董存瑞和几个怀来新兵被24团2营营长领走了，又被分到不同连队，董存瑞是6连2排9班战士，还有几个同乡分到不同班。

这次从龙关伪警察那里缴获了不少枪支弹药，都集中在龙关泰山庙里。下午，新兵又集合了。这次是由连长带他们领枪，每人一支，有"中正式""比斯尼""三八大盖""老套筒"四样，随机发放，发到哪种是哪种。

这些在进军龙关时还胆怯的新兵，一看到枪就来了精神。枪在手里，心不慌，摸着枪身，拉枪栓，左看右看，爱不释手。连长走到他们身边，给每人手里放了五发子弹，董存瑞喊起来："首长，能不能多发点儿？"连长抬头看了他一眼，笑着说："你先别急呀，就你这个儿，以后怕是子弹多得背都背不动呢！"董存瑞一撇嘴，一副不服气的样子："哼，走着瞧！"

"噢，对了！我是 6 连连长，叫徐振廷，以后就叫我徐连长，我还没升到首长级别，不能乱称呼啊！"

"知道了！"

"不行！得说'是，徐连长'！"

"是！徐连长！"董存瑞重复着。徐振廷拍拍他的肩膀，哈哈大笑着："喜欢你这个小个子。走，咱们回去！"

10 月的龙关已进入初冬，气温低至零摄氏度以下，新兵没有统一服装，可为了御寒，上级首长批准从缴获的物资中，给他们每人发一件伪军的绿大褂，还有一件棉袄，一条洗脸用的毛巾。

在龙关又休整了几天，董存瑞随 24 团参加攻打赤城的战斗。

4

此时的赤城还在汉奸白耀珍手里。他是一个长期潜伏的国民党党部书记长。日本宣布无条件投降后，他撕下了赤城县商务维持会长的伪装，公开其国民党察东行政专员、党务督导员、少将司令的真实身份，奉命将盘踞在县城的一千多名伪军改编为"冀察战区挺进军第13纵队"。

这支汉奸队伍，摇身一变，竟成了国民党抗日武装，下设两个团八个营，据城固守，拒不向我抗日军民缴械投降，却假借国民党接收，保存实力。

八路军平北主力正待攻城，突然接到冀察军区司令员郭天明的命令，第12军分区政委段苏权、司令员詹大南率主力10团、40团、教导大队、直属分队和专署机关，从雕鹗堡火速出发，沿长城一线西进，逼近察哈尔省首府张家口。平北军分区副司令员钟辉琨指挥新4团、新6团，以及地方武装开始围攻各个县城。

为减少攻城部队的伤亡，同时让城内百姓免遭战火。赤城县委展开了强大的政治攻势，派被俘的龙关原总务科科长入城劝降，结果遭到敌人的囚禁。邹某原为日伪特务队骨干，在"老幼屯鸿门宴"上，曾与我党八区干部有过接触，接受过抗日教育。

县委又通过大量工作，争取到城内三十余人做内应，并制订了开城计划，准备里应外合，解放赤城县城。但因内线行事不密，被敌人发觉，邹某等内线都被绞死在狱中，县敌工部副部长谈判时，又被诱杀在赤城的南大桥下，和平解放县城的路子全被堵死了。

张家口战役结束后，平北主力横扫平绥线，并于1945年9月下旬战斗间隙，在沙城进行改编：主力10团、40团、新4团、新6团，被改编为"冀察纵队独立第8旅"，分编为第22团、23团、24团、29团；10团（指抗战时，冀热察挺进军有名的"平北10团"，首任团长是著名的抗日英烈、号称"小白龙"的白乙化）就是新编22团，由原来六个连的小团，改编为十个连的大团，还重设了营级建制，另配机炮连，全团二千多人，全部更新为日式装备。这次正规部队改扩编，三百多名怀来青壮年入伍，其中就有不满十六岁的董存瑞。

10月初，独立第8旅（后改为第5旅）旅长詹大南率主力回师赤城，准备全歼顽敌。参战部队有8旅22团、29团及地方部队。

赤城县城建于明朝，城墙坚固不宜强攻。攻城部队采用坑道作业的方法，挖地道至城墙下实施爆破，炸开城墙豁口，攻入城内。

城西有一杨姓农民，家距城墙约七十米，地道口就选在他家东房内。八区区委书记带领二百多民兵，经过七天七夜连续奋战，将地道挖至城墙下，把装在十二个汽油桶里的三百多斤炸药，连同二十颗地雷、几枚缴获的日本炸弹，都放进了"药室"，接通拉火引爆装置。

10月14日上午9时，攻城指挥部用旗语发出引爆信号，负责爆破的八区武委会主任立即命令平北模范民兵实施爆破。爆破使用的拉绳是老乡晒烟叶用的麻绳。第一次引爆却因绳结被卡，麻绳被拉断，爆破失败；民兵进洞，再次接上拉绳，重新引爆。随着一声巨响，城西城墙瞬间被炸毁。城墙垮塌处，尘土飞扬，烟雾弥漫。

22团指挥员没有立即下达冲锋命令。詹大南见攻城部队没有组织冲锋，怒气冲冲地跑下北山，到22团指挥部，见面就要用望远镜砸前沿指挥员的头。当突击队3营9连在火力的掩护下冲向突破口时，敌人已抢先一步，以两个连的兵力用机枪和缠麻绳的酒瓶手榴弹封锁了十多米的缺口，加之刚炸毁的城墙豁口处土质十分疏松，战士们踩着暄土无法快速冲上去。9连1排、2排梯次冲锋，伤亡惨重。

关键时刻，连长奋不顾身，冒着枪林弹雨率3排再次冲击。战士们一个个倒在敌人疯狂的扫射中。全连剩下二十余人，被迫退入城墙边二十多米远的一间小平房内，敌人的火力压制，使他们困在那里，动弹不得。

9连冲锋失利，8连接着向突破口冲击，连续两次冲锋都没成功。8连连长和指导员也退到小平房内。突然，敌人扔进来一颗手榴弹，8连连长为保护战友，把手榴弹压在身下，壮烈牺牲。

攻城部队强攻失利，指挥部决定暂停攻城。8连、9连两连撤下后，9连连长与8连指导员商议，将现有人员重新编几个班，调整武器，进行动员，决心为牺牲的战友报仇，向敌人讨还血债。

9连编了三个班，8连编了两个班，9连连长和8连指导员决定再向团首长请战，再当攻城突击队。

下午4时，我军两门92式步兵炮从县城北山西北高地对着西城墙和北城墙的西处火力点直接开炮。敌人的火力点一个个被摧毁。

同时，所有的轻重机枪也集中向城头射击，压制敌人的火力，迫使西、北两边城墙上的敌人不敢露头。8连、9连两个连重编的五个班，在9连连长的带领下，再次担任突击任务。

突击队趁敌人的火力被压制，迅速扑向突破口，在暄土上铺上预先准备的门板，勇猛地冲入城内。营长率7连发起冲击，团长李荣顺（1948年5月25日，时任11纵31师副师长兼91团团长，在第二次隆化攻坚战中，夺取苔山高地后，被飞弹击中头部，与董存瑞同一天牺牲）带领预备队2营迅速跟进，投入战斗。与此同时，董存瑞所在24团2营6连负责城东外的警戒。

此次战斗，从突破口之争发展成巷战。夜幕降临，大街小巷喊杀声、枪炮声、爆炸声，此起彼伏。攻城部队分几路猛打猛冲，很快将敌人分割包围。敌人溃不成军，乱作一团，有的跪地投降，有的趁乱从东墙顺绳子溜下去，企图逃跑，董存瑞和战友们紧追不舍，将这股伪军全部俘获，还缴获了三挺"歪把子"。

5

赤城解放后，有的新兵思想波动很大：行军打仗吃不好、睡不香；有的担惊受怕，不知什么时候突遇敌人，一场激战不可避免；也有的有离开本土的陌生感，让从未出过远门的他们心生恐惧，怕打仗的情绪开始在新兵中蔓延。还有的人说："日本都投降了，还打什么仗呢？"董存瑞说："日本鬼子是投降了，可汉奸、特务还没投降，他们还在欺压老百姓。我们是人民武装，怎么能不打仗，不去彻底消灭他们！"

不管董存瑞怎么劝，还是有几个新兵趁领导对新编人员不熟，偷偷离开部队，逃回家乡。南山堡村也有一个开了小差的，2排排长郭元方让董存瑞跟他一块儿回去，把逃兵找回来，让他顺便看望一下爹娘。

他们连夜动身，从赤城县城到南山堡村大约有七十多公里，步行要走十六七个小时，好在董存瑞对这一带熟悉，知道哪条路方便快捷。等他们急匆匆赶回南山堡村，郭排长去找私自跑回的战士；董存瑞抓紧时间回家看望爹娘、妹妹弟弟，还有他惦念的妻子卢长玲。

走到院门口，董存瑞按捺不住兴奋的心情，轻手轻脚地推开家门，猛地跳到正忙着干活的母亲面前，喊了一声："娘，我回来了！"母亲被突如其来的声音吓了一跳，抬头一看，真是日思夜想的儿子，举手轻轻拍打着儿子的头，含泪喊着：

"四蛋儿啊，你个臭小子，这是跑哪儿去了？害得爹娘每天都惦记你啊！"

董存瑞满屋转悠，只见三四岁的小弟存金在炕上玩耍，没见爹和妹妹。他一边逗弟弟，一边问娘："爹和存梅呢？"娘说去杨家山那边放羊去了，也该回来了。

娘从另一间屋子抱出个西瓜，又取了刀进来，还没来得及切开给儿子吃一块解渴，就听郭排长在门口喊："董存瑞，快点儿，赶紧出发追赶部队啦！"董存瑞拉着娘的手说："娘，我走了，等打了胜仗，我一定回来。跟爹说，我在部队挺好的，不用惦记。"他抱起小弟亲了一下，匆匆出了家门。娘追出来说："你看娘差点儿忘了告诉你。你丈母娘病了，你媳妇一早回去瞧她娘去了。"

山坡上，存梅赶着羊，爹放着驴，正遇见气喘吁吁跑到跟前的董存理，说四虎子回来了，让他们快点回去。一听儿子回来了，董全忠什么也顾不上了，叮嘱存理照顾好存梅，赶着羊群在后面走，自己骑着毛驴先回去。

话说那天董存瑞刚一离开家，卢长玲忍不住跑到公婆屋子里，主动把丈夫参军的事告诉了他们，可听说是去杨家山，董全忠没在意。杨家山多近呢，再说董存瑞舅舅就在那儿，自己放羊放驴还经常到那边，没啥惦记的，兴许过两天儿子就回来了。

可后来听说部队到了大海陀的二炮村，董全忠可着了急。他赶紧去找耿世明的父亲，两个老头急匆匆步行三十多公里，走了大概有六七个小时，总算赶到那里。

他们喝了口水，吃点儿干粮，就听当地老百姓说部队出发去打龙关城了，十里八村都来送行。这时，有一小队八路军从他们身边走过，两位老人望着战士们的笑脸，像看到自己儿子一样，不停地挥舞着手臂，眼里闪着泪花。

龙关一仗，耿世明牺牲了，老父亲再也见不到儿子；赤城一战，董存瑞执行任务回村，身为父亲的董全忠能不急着往家赶吗？可他风尘仆仆、上气不接下气地迈进家门，却见呆坐在炕头上的妻子还在抹眼泪，小儿子存金坐在炕上看娘哭，也跟着哭。

后来听说这位倔强的父亲在董存瑞所在部队到达延庆时，再奔上百里前去探望，哪知部队又出发了，从此再没得到儿子下落。这是后话……

6

逃出县城的伪满警察一路狂奔，跑到赤城东北的龙门所。部队接到命令，继续东进，边追边打，直插热河。董存瑞跟着排长一步不停地回到赤城，随团赶往龙门所。敌人闻讯逃至白草，他们穷追不舍，又奔白草。

那时，龙门所和白草都属伪满洲政府所辖。白草在龙门所东北（现都属张家口市赤城县所辖），山多林密，敌人躲在深处不敢出来。

团里每天派几个班的战士巡逻，敌人忍受不了饥饿，从林子里出来，被抓住。又过了一段时间，一个捂着肚子晃出来的敌人，还没出树林就东摇西晃地摔倒了。

据他交代，伪军头目是大队长，参与过多起迫害当地抗日进步人士，他深知罪孽深重，无法求活，饿得站不起来，只好吞了随身携带的烟土，死在里面了。

冬天的白草更是清冷，还有不少没有缴械的汉奸、伪军躲在暗处危害八路军和老百姓。天越来越冷，八路军想找老乡借几间房子避寒，可谁也不愿腾出来。董存瑞纳闷，在龙延怀的土地上，老百姓都非常拥护共产党和八路军，这儿的人怎么是这样的呢？

他后来在走访中得知，伪满蒙政府为了割断八路军与百姓的联系，控制了当地百姓的生活所需，人们吃的没盐，穿的没布，大冷天一家人只能围坐在炕上，伸着手就着火盆取暖。穷人连件棉衣也没有，有的穿着单薄的衣服，也是七长八短耷拉着，有的仅靠一块毡片，算是抵御风寒的冬装，一个女孩儿，破衣烂衫，男人仅是遮住下体。

部队也没冬装，新兵从家里带的衣服也没几件，可看着百姓生活如此艰难，二话不说，纷纷拿出自己的衣服给他们穿。董存瑞把自己的夹裤夹袄送给了像父亲一样的老人，还把米袋里的粮食分给一户穷人。

在与这家穷苦百姓的交谈中，董存瑞意外发现，当地很多百姓受"一贯道"蛊惑，不愿与八路军、共产党合作。他想起当儿童团团长时，自己对南山堡受邪教影响的人进行反渗透宣传，挽救了不少家庭。他把这一情况向连长做了详细汇报。

连长召开紧急班排长会议，特邀董存瑞介绍了解的情况，以及如何破除敌伪散布的迷信和谣言，打开百姓心结，让他们看到生活的希望，认识到共产党领导的八路军才是为人民撑腰的正义之师。

乡亲们每天都见八路军战士为他们挑水、扫院子，劈劈柴，垒灶台，烧暖炕，改善生活条件。民众的心被融化了，他们开始行动起来，主动腾出房屋让战士们住。

7

丰宁位于承德西部，南邻怀柔，北靠内蒙古正蓝旗、多伦，东接围场、隆化、滦平，西面与赤城、沽源接壤。24团消灭了白草一两百人，又接到命令，继续东进，准备消灭大阁据点的伪军。

大阁是丰宁县县城，与白草毗邻，大约相隔六七十公里。那里群山环绕，东有凤凰山，西有九龙山、羊蹄山，南有桃山、帽山。

天一亮，24团战士们吃过早饭，紧急集合，兵分三路向大阁进发。大阁约有五六百伪军，他们得知消息，都撤到了羊蹄山。

八路军沿途看到满洲军极为恶劣的行径。他们把百姓圈到"人圈"里居住，四周围起来，四角安上炮楼。他们想去谁家就去谁家糟蹋妇女，人们没有衣服，几个人穿一条裤子，谁出门谁穿，出不去的，就用破布、破单子围着身体。

距离大阁仅十几里时，占据制高点的伪军向我军射击。团长大喊："卧倒！注意隐蔽！"战士们有的往山根一躺，躲过敌人的子弹，有的就地趴下，董存瑞身上挎着一百多发子弹，仍然走在前面。

随后，团长下达命令：一营打冲锋，二营打包围，三营从后面包抄敌人。战士们丢下行李物品，几班跟排长，几班跟指导员，几班跟着副排长，从不同位置向山上进攻。他们一鼓作气攻上山头，消灭敌人。

这些平日里凭借日本鬼子的势力耀武扬威的伪军，原本武器也不怎么样，现在一看八路军战士个个勇猛善战，早就吓得各顾各，到处奔逃。敌人跑到哪个山头，战士们追到哪个山头。

战斗进行了整整一天，黄昏时，敌人死的死、伤的伤，逃掉的不足百人，剩下的全当了俘虏。

大阁一战，我军牺牲二十多人。团长流着泪说："胜利是胜利了，我的战友却牺牲了。"他们将战友的遗体抬到大阁城，装进了棺材，全团佩戴白花，开完追悼会，将烈士们掩埋在这片洒下鲜血、献出生命的土地。团长命人将牺牲者的姓名、籍贯写了木牌上，便于日后迁坟和祭奠英烈。

董存瑞流着泪向牺牲的战友深深地鞠了一躬，抬起头时，目光更加敏锐与坚定。他终于明白，什么是战友情，什么是生死场。他懂得了在战场上的每一次进攻，都是生与死的严峻考验。打仗不仅要有顽强的意志，更要有与敌人拼搏的智慧和勇气。

第五章　穿过枪林弹雨的战士

1

1945 年 9 月 20 日，延庆县城解放。自此，以青龙桥为界，青龙桥以北，是共产党领导的解放区；青龙桥以南，是国民党的统治区。一个县分割成两个政府，是抗战后的特殊局面。

24 团从丰宁返回延庆已到岁尾，从大阁拉回的草猪都分到各营连排，团部设在四海，营连领导下基层，有的连在簸箕营，有的在大泥河村或小泥河村。

6 连分别驻扎在八达岭镇大浮沱和小浮沱，因村子面积大小不等，董存瑞所在 2 排，单独驻扎小浮沱村，其实两村之间也就相距五里。小浮沱位于八达岭长城以北，与西边的大浮沱隔山相望，四面环山，地势高低不平，是个沟壑纵横的小山村。

这一夜，董存瑞躺在大炕上没有睡着，望着窗外黑黢黢的山，想起团长在安葬战友时含泪说的话：抗战胜利了，你们却血洒疆场。这么年轻就牺牲在异地他乡，现在留下姓名和地址，兴许以后有人能将你们带回家乡。

每次从战场回来，董存瑞都有一种切肤之痛。他亲眼看见身边的战友一个个倒在枪林弹雨中，却无能为力。他恨自己是个"左撇子"，投弹不远，枪法不准，刺杀都用不上力。

回想当初参加民兵时，他向王福堂保证过的那些优点：能跑、能爬高；腿脚灵活，不怕走路；手头有劲儿，一准可以多杀鬼子、汉奸，为石裕民和王平报仇。自从到了正规部队，从心里感觉和当民兵不一样了。参军三四个月，除了行军训练，就是亲临战场，上前线打仗，可总因为年龄小，被安排做辅助工作，这怎么能算上前线呢？

大阁一战，他真正见识了敌人的狡猾。伪军撤到山上不只是害怕，而是占据有利地形，居高临下，向行进在山根、沟渠的我方部队发起攻击，要不是2营营长冲到身边使劲儿推他一把，估计自己连敌人汗毛都没碰到就牺牲了。可营长却因掩护自己负了伤，在追击敌人时，又不幸被子弹击中胸部牺牲。战友们抬着营长的遗体冲上山，又沿着山梁去消灭敌人。

血的教训让他清醒地意识到，没有过硬的杀敌本领，怎么能冲过枪林弹雨，保卫解放区,保卫抗日军民的胜利成果？他越想越无法入睡，辗转反侧，望着疲惫入睡的战友，悄悄卷起被子，蹑手蹑脚地下炕，摸着炕沿走出窑洞。

一天，他又起床出来，被同班战友发现，战友轻轻地拽着他的衣角，非要问他去哪儿。董存瑞看是自己的老乡，只好压低嗓门耳语几句。从那以后，总有两个黑影从窗口闪过，消失在大山密林里。

原来董存瑞每天天不亮都到山上独自训练，有时坐在残破的长城旁，看着起伏的群山思考，古人为什么修长城？长长的边墙，阻挡住骏马和长刀，怎么阻挡不住侵略者的舰船和火炮？现在日本投降了，国民党为什么还派兵袭扰解放区和老百姓？

上午全体战士训练时，那个知道他秘密的老乡不慎崴了脚，吃过中饭，和战友们回去休息，董存瑞悄悄上山。大山是他最好的训练场所，只要一有空，他就上去一趟。

这天凌晨，董存瑞又独自上山了。一夜飘雪，到处银装素裹，借着雪地月光，他边走边往山上扔石头，一会儿左手，一会儿右手。寂静的山林里，只听到他踩雪发出的声音。这里的山不是很高，坡也不是很陡，但练投掷的石头，还得从雪里寻找。

"咦！"董存瑞眼前一亮，"血！"一只野兔倒毙而亡。他拎起来摇晃摇晃，兔头还在滴血，应该是刚被击中。他看看周围，什么人也没有，雪窝里有块带血的石头，拾起来一看，正是他从山下甩上来的那块。

兔子个挺大，可以让全班战友解解馋。他得意地笑了，露出一对小虎牙。可他转念一想：不行啊，炊事班是给全排做饭。一只兔子，怎么办？他寻思往山上走，可望一眼东南山头，天空略微泛红，时候不早了，排里要出早操，别让郭排长发现自己的小秘密，可也不能在这里守株待兔啊。

刚还满心欢喜想着大家夸他，可瞬间又泄气了，只好拎着死野兔往回走，只听"扑棱"一声，一只被"咯吱咯吱"的踩雪声惊扰的山鸡飞了起来，长长的羽毛，十分漂亮。他丢下兔子，顺便把还攥在左手的那块带血的石头甩了出去，可能是动作过猛，失去重心，竟把自己也甩了出去，幸亏是冬装，否则，这一跤非受伤不可。他起身拍打着身上的雪，转身去找刚才丢下的野兔。还好，野兔趴在雪窝里，一动不动。他拎起兔子的长耳朵往山下走。

俗话说，上山容易下山难。大雪天，山上没路更不好走，还不能沿着原来的脚印走。他心事重重，不小心被压在雪下面的树根绊了一下，一眼看到几缕漂亮的羽毛。他乐了：哈哈，该着战友们"打牙祭"。他几步蹿过去，弯腰拾起那只还在抽动的山鸡，一步三跳地冲下山去。

吃晚饭时，战友都围着香喷喷的大锅，耐心地排队等待。炊事班班长说："今天改善生活，人人有份，都能沾点儿野味啊。"

听说野味是董存瑞打的，有人说："上山兔子下山鸡，那可不是一般人能逮得着的。"另一个说："石头可不比子弹，哪有那么准呢？"

"董存瑞还是个孩子，个儿又不高，能扔多远？我就不信，没准是瞎眼的兔子和山鸡不小心自个儿撞到树上的吧？

哈哈哈——"这话是排在最后的大个子班长说的。

董存瑞本来满心欢喜地等着大家夸几句，谁承想，遇到几个不信他用石头打中野兔和山鸡的，心中的火气"噌"地蹿到脑门："咋的，不服气！那咱就去比试比试！"

"比就比！谁怕你个小个子！"这句话更让董存瑞恼火。他冲过去，抓住那个高个子班长就要动手。

排长郭元方早就听见吵吵嚷嚷，在一旁站着，听得真真儿的。他"咳咳"咳了两声，看看董存瑞松开了大个子的衣服，就说："都吵吵什么呢？谁不服气明天吃了早饭，都到大操场集合！"

大家谁也不说话了，静悄悄地按顺序为班里领走那份混杂着野味的汤汤水水，回班分给战友们吃去了。

2

第二天一早，郭排长就等候在操场上。这个操场还是他们到达这里的第二天，全排通力合作平整出来的一块训练场。郭元方让各班先自行比赛，每班挑选出的第一名再代表本班参加排里的淘汰赛，所比赛的项目就是投掷手榴弹。

各班分别在不同地点自赛，9班很快选出代表，不用说这个冠军就是董存瑞。

6连指导员陪着一个陌生人从大浮沱赶来，到小浮沱专为观看2排进行的比武大赛。董存瑞知道6连连长在大阁受伤，来了个不认识的连级领导，可能是新调来的连长？他正纳闷呢，就听郭排长喊："全体都有，稍息！立正！"

郭排长向全体战士介绍："这位是新任6连连长王万发。"战士们热烈鼓掌表示欢迎。排长继续介绍："这位是咱们的指导员张锡明同志。"大家又是一阵掌声。排长接着说："今天我们2排进行投弹比赛，争取选出全排第一名。下面请首长讲话，大家欢迎！"

张指导员代表连长向大家问好，并鼓励2排战士，争当优秀士兵。他说："有个外国将军说：'不想当元帅的士兵，不是好士兵！'希望你们每个人都能在枪林弹雨中，成为出色的战士，学会既要保护自身，又要打击敌人，消灭敌人！练兵场就是战场，比赛就是战斗，必须拿出百分之百的勇气，战胜一切来犯之敌！"

郭排长大喊："24团2营6连2排，九个代表队已准备就绪，现在我宣布：全排投弹比赛，正式开始——"

一声令下，九个班选出的代表按之前抓阄方式进行对决：1班对决5班；2班对决7班；3班对决9班；4班对6班；8班轮空，最后和炊事班比。大个子班长是3班代表，正好对决他不服气的董存瑞。

第一轮比赛开始了，场面异常激烈，尤其是董存瑞的关注度最高，人们都想知道他是不是真的有一击命中的本领。大个子班长先上场，他一气儿甩出三颗教练弹，都未击中目标，好在全都超过三十米合格线。

轮到董存瑞上场，只见他抡起右手甩出一颗、两颗、三颗！三颗"手榴弹"全都砸到了标准靶中间，一颗居然穿过靶心，掉在约三十五米的地方。当宣布9班获胜时，3班一个怀来籍战士大喊起来："我服董存瑞，投弹没班长高，但扔得远。"不知谁说了一句："抛出的弹痕抛物线很漂亮。"

第一轮比赛结束。1班、4班、7班、9班、炊事班胜出，但炊事班还要做午饭，不参加最后对决。胜出的两个代表队，将进行最后决赛，胜者即是全排第一。

这次投弹目标在五十米开外，看谁能击中目标。有人提到"弹痕抛物线"，在场的人们，目光聚焦参赛者的投弹姿势和教练弹被抛出的角度。

1班险胜4班；7班直接败给9班。最后一场是1班代表与9班代表董存瑞的对决。那位参赛的1班战士经过两轮比赛，气力明显不足，甩出第一颗时，重心不稳，身体前倾，险些摔倒，等到第三颗时，竟把自己甩出去，直接趴在地上，疼得直叫。

再看董存瑞，仿佛两场比赛没参加似的，仍旧精神饱满，甩出最后一颗时，全场一片掌声，有人喊："董存瑞左手投弹五十米，命中靶心。"这时，他的同班老乡说："他是个左撇子。"

"啊！董存瑞能'左右开弓'？好！太好了！"郭排长拍着大腿叫着。王连长站起来示意大家都坐下。他首先宣布："这次比赛第一名：9班！"大家祝贺9班，祝贺董存瑞。

王连长说："上任第一天就来到2排，居然发现一个练兵的好典范。"他号召全排乃至全连向董存瑞学习。

这时，大个子班长主动走上台和董存瑞握手，向他表示歉意，为之前的态度感到羞愧，希望董存瑞原谅。董存瑞说没把那天的事放在心里，每天想的都是怎样训练，多消灭敌人。

张指导员非常赞同董存瑞的想法，告诫2排战士们：蒋介石名义上签署了"停战协定"，实际上秘密调兵，企图将八路军、新四军与全国人民取得的抗战成果据为己有。他反复强调虽然抗战已经结束，但战争并未完结，不定什么时候就有战斗，要加紧练兵，随时准备开赴战场。

王连长说："看2排比武劲头这么足，效果这么好，返回大浮沱村和连里的其他领导商量一下，在全连进行大比武，不光比投弹和射击，还要比刺杀、比突击。军事训练最终要到战场实践，经历枪林弹雨之后，我们都能活下来，共同建设新中国。"

3

看着天空不断飘下来的雪片，指导员张锡明略带忧虑地说："要不要通知各排改天再进行全连比武大赛？"

"不改！越是这样的天气越要加强训练，更不能随意改变比赛！"看着连长王万发一脸严肃的样子，谁也不说话了。

大家心里清楚，自日本投降后，国民党觊觎大量武器弹药和物资，表面与共产党和谈，暗地里调兵遣将，妄图置共产党于死地。

距大浮沱南不足十里的西拨子村，就有没撤走的日本兵，炮楼还在，武器弹药也未缴械，而青龙桥国民党守军，正待时机。王连长清楚，八路军时时刻刻都要做好准备，以防国民党守军突袭解放区，没有过硬的实战本领，如何能保证人民和军队的安全？

2排长郭元方带着全排战士跑步到达比赛场，其他几个排的战士也都陆续入场。6连全体指战员集中在大浮沱村学校操场，开展军事全能大赛。

正是这场比武大赛，人们记住了董存瑞，记住了射击、刺杀、突击都非常优秀的2排战士，还有他独具特色的投弹技巧——"左右开弓"。连里安排这项比赛，为的是号召全连向他学习，"投弹能手"自然非他莫属。

比赛结束后，指导员告诉大家：接到上级指示，全团将在簸箕营举行军事比武，连里决定派董存瑞和射击、刺杀、突击第一名的战士代表6连参赛。

簸箕营是延庆大榆树镇下辖的一个村，在县城南约五公里、镇西约八公里处。村域面积289公顷，地势东高西低。东部平坦，其他三面均有沟壑，整个村庄处于山前洪积平原，遍地花岗石，石灰性褐土，平均海拔505米，植被多以荆条、白草、酸枣等灌草丛为主，覆盖率达45%。

据传，明代成村的簸箕营原有大面积柳树林，村民用柳条编织簸箕出售，因工艺精巧，故名"簸箕营"。其村史悠久，人文资源丰富，有寨坡、古榆树、古戏台、古庙、老房子，村内有一株树龄近六百年的白榆树，长势旺盛。

正因为那里开阔，便于攻进退守。在国共停战的特殊时期，团首长命令各营，密切关注国民党军队布防变化。

4

当2营6连结束比赛返回岔道城时，连长特意带着部队从辖区内的西拨子村经过。他们高唱"八路军好，八路军强，八路军打仗为哪方……"的歌曲，穿过曾被日军占领的军事要地。那些未撤走的日军站在路边毕恭毕敬地目送八路军队伍自他们面前而过。

董存瑞获全团投弹冠军，作为同一个营的战友，自然分外自豪，尤其是怀来籍的那些战友。他们同时入伍，虽然不在同一个连，同一个排，同一个班，却是一齐参战，一样经历着枪林弹雨的考验，人家能练就"左右开弓"的本领，他们为什么不能？

吴迪团长点名表扬董存瑞，说24团有这样的战士一定能顺利完成上级交给的任务。政委介绍当前形势时讲："国共停战令生效后，两军之间必须停止一切向对方攻击的行动。我们的中心工作就是练兵、减租、生产！我们不能因为日本投降了，国共停战了，家乡进行土改，就一心想着自己的小家。如果少了董存瑞那种'救天下黎民百姓'的博大胸怀，就会削弱我们坚强的革命意志。"

其实，艰苦的战争岁月，董存瑞不仅接受着战斗的洗礼，也接受着革命传统教育。一天，董存瑞端着大饭盆早早来到炊事班，想为自己的班多争取点儿菜。他一进门，炊事班班长就喊："董存瑞，今晚吃炖肉。你来得正好，帮我分菜吧！"

董存瑞爽快地答应着："行啊，没问题！"他把9班的大饭盆往桌边一放，接过炊事班的大勺子，撸了撸袖子，站在锅灶前，"喊里哗嚓"几下就把一大锅肉分完了。他想，眼看就要过年了，给战士们多吃点儿肉，也是为了搞好身体，多生产，多练兵。等他喜滋滋地转身去端9班的饭盆时，却发现竟还有两个空盆儿仿佛嘲笑似的冲他咧着大嘴。

坏了！怎么办？他急得不知所措，瞅瞅那几个盛满肉菜的大盆，再看看旁边两个空盆，抓起勺子，这个盆里舀一勺，那个盆里盛两勺，左分右分也不匀，不是这个盆多了，就是那个盆少了，急得满脸通红。他想，不能让别的班对咱有意见，还是委屈一下自己的9班吧。

他放下大勺，端起写着"9"的大饭盆要走。炊事班班长早看在眼里，绕过大锅灶喊着："等一下，董存瑞！瞧你，端这点儿肉菜够谁吃？来，我重分一下！"

饭后，董存瑞终于明白了其中道理，主动去找指导员承认错误，意识到自己开始还是有私心的，想让炊事班班长多给9班分一点儿菜，等自己拿着大勺分的时候，忘了还有两个班的菜呢，结果……

指导员耐心地对他讲："我们都是来自五湖四海，为了一个共同的革命目标走到一起来了。我们的干部要关心每一个战士，一切革命队伍的人都要互相关心，互相爱护，互相帮助。"他告诉董存瑞，这些话是毛泽东在纪念张思德同志追悼会上的讲话。董存瑞点点头，终于明白：一个真正的革命战士，要时时处处为大局着想，不能只考虑个人小圈子、小团体的利益。

望着眼前虎头虎脑的男孩儿，张锡明坚信：这个有个性、勇于批评和自我批评的小战士，一定会成为出色的军人。他拍着董存瑞的肩膀，和善地说："要在各方面积极进步，只有不断努力，才会离共产党员的要求越来越接近。"董存瑞点了点头，露出两颗"小虎牙"。

5

1946年3月，第8旅整编为晋察冀军区冀察军区独立第5旅。自国共两党签署《停战协定》以来，已经有三个月没打仗了，天天不是做农活，就是练兵。有些干部和战士就幻想着可能不再打仗了，和平到来。有些老兵想家念叨着土改了，分两亩地过安稳的小日子。

团首长意识到这种消极思想还在蔓延，而时局已出现了许多内战迹象，便把毛泽东的《抗日战争胜利后的时局和我们的方针》《关于重庆谈判》等文章编成课本及时印发到连队，组织干部战士认真学习，提高认识，时刻提防国民党军队的突然袭击。

董存瑞最瞧不起只顾小家的人，时常说几句俏皮话，讥讽目光短浅的战友。他说忘不了日伪统治在长城沿线搞的"千里无人区"。那里除了树木柴草、飞禽走兽、蛇蝎蝼蚁，没有种一粒庄稼，没住一户人家。敌人把百姓集中在一起居住，还用围墙圈起来，四周都是岗楼，时刻监视圈里百姓的一举一动，妄图用这种猪狗不如的生活，隔绝八路军与人民的关系。

那天，董存瑞站岗时发现，国民党运送军火的列车一辆辆通过，就用小木棍一辆辆数着，过一辆数一根，过一辆数一根，将过去的军列都用小木棍一一记下来。回到班里，他把装入口袋里的所有小木棍都倒出来，对战友们说："既然停战了，国民党为什么还调兵、运军火呢？"

在事实面前，干部战士终于明白学习小册子的意义，也清楚地认识到国民党政府反共、反人民的本质。董存瑞说："'狼'已经闯进解放区，咱要打'狼'，就得有真本领。真本领从哪里来？就靠枪林弹雨里的冲锋陷阵！"

大家的思想疙瘩解开了，干什么都有了目标，干什么都更积极主动了。既然内战不可避免，那就随时准备战斗。根据上级部署，24团移防怀柔，营连仍旧分驻在不同村庄。

一天清晨，国民党军队以"演习"为幌子，突袭了一营驻地桥梓村。桥梓村地处怀柔、顺义、昌平交界处，有高低不平的丘陵、浅山，还有广袤的平原，山清水秀，民风淳朴，国民党军早就觊觎已久。

2 营 6 连离桥梓村最近，接到团部命令，连长带领全连火速前去增援，与敌人在桥梓村中间的一条小河交火。战士们隔着河投掷手榴弹，可力气不足的新战士总把手榴弹投到河里。董存瑞又急又气，从隐蔽处匍匐前进到河边，左右开弓，一阵手榴弹狂炸，把敌人的火力压下去。这时，两个营趁势发起冲锋，击退突袭的敌人。

战斗结束了，6 连在前桥梓村休息，离他们不远的地方，一个小男孩儿正用手指钩着一颗拧开盖的手榴弹跑过来。一个趔趄，小孩儿摔倒了，面前的手榴弹"咝咝"地冒着烟。董存瑞"噌"地站起来，丢下饭碗蹿了过去，拾起手榴弹使劲儿甩到远处，转身伏在小男孩儿身上。手榴弹在空中爆炸，董存瑞压在小男孩儿身上，使他免于受伤。

6

夏天，国民党还乡团赶着大车，明目张胆地到村里抢粮食。我驻军部队与敌人交火，由于房屋阻隔，双方相持不下。董存瑞迅速爬到屋顶，趁敌人没有防备，对准地面目标就是一阵猛砸。手榴弹把占据院子的敌人炸得死的死、伤的伤，活着的也仓皇逃了出去。

一天，2营接到命令，从怀柔出发，迅速赶往东北方向的密云。经过五天急行军，他们赶到了古北口（亦称"虎北口"）附近的石匣（地处密云中部盆地东端，是北出古北口的咽喉要道）一带，和兄弟部队将偷袭的敌人包围起来，如同锅里煮饺子，一阵激烈枪战，敌人被迫撤出战场，逃回防区。古北口的威胁解除，保证了我军内地至关外的重要通道。

就这样，2营在兵马营驻扎下来。一住就是两个月，他们边生产边练兵，国民党军队驻守在相距二十公里的乙化县。这些士兵，有时会到兵马营买草料，只要不侵犯和骚扰，我驻军部队对他们都很宽容，绝不主动进攻。但国民党军队却隔三岔五向我兵马营驻军进行炮轰。解放区军民本着"人不犯我，我不犯人；人若犯我，我必犯人"的原则及时予以还击。

部队又转战到昌平，王连长让董存瑞到前面侦察敌情。他独自一人摸进敌人阵地，将正在酣睡的大个子士兵押回来，还带回两支步枪。这个狂妄自大的敌兵怎么也不会想到，俘获他的竟是一位个头不高的八路军战士，就连身边的战友们也没想到，董存瑞居然巧妙地完成"抓舌头"的任务。

1946年6月，早已摆好阵势的蒋介石罔顾人民的和平意愿，撕毁《停战协定》，向解放区发起突然袭击，悍然发动了全面内战。

9月，"冀察军区"第5旅改称"冀热察军区"独立第5旅，原22团、24团改称13团、15团。9月29日，敌第

16军及第53军一个师分两个梯队沿平绥路向怀来、延庆进攻，并先后出动飞机三百七十架次，对我军阵地、交通线，及后方基地进行狂轰滥炸。我军担任正面抗击的部队，在怀来及其以东的延庆进行顽强阻击。

2营6连负责坚守延庆城东，董存瑞面前的沙袋上，摆放着一排手榴弹，刺刀擦得锃亮。远处传来"嗡嗡"的轰鸣声，他往天上一瞧：好家伙！七八架飞机向他们扑来。他招呼刚入伍的战士道："快！快进洞！"话音刚落，炸弹强大的气浪竟把他推进洞里。他急忙埋头、捂耳、张嘴巴。战友学着他的样子蹲下、低头、捂耳、张嘴巴。

别看董存瑞才十七岁，经历的战斗还不少，从老战友那里学到丰富的作战经验。他回过头说："同志，别害怕！这是打头阵的空军，步兵还在后头呢。这点儿炸弹，伤不着咱的。"

董存瑞伏在地上，用右耳贴着地面，听到由远而近的履带震颤声："坦克来了，快上！"说着，他率先冲出洞口。果然，远处尘土飞扬，三只庞大的家伙晃晃悠悠地呈现在视野里。

新兵第一次见到这样的怪物，眼睛直勾勾地看呆了。"卧倒！快卧倒！"董存瑞大声呼喊，一串子弹横扫过来，打在沙袋上"噗噗"直响。"呸！呸！"董存瑞吐了吐蹦到嘴里的泥土，抓起几颗手榴弹，对战友说，"瞧我非干掉它不可！机枪掩护！"只见他纵身一跃，冲出掩体，消失在烟雾中。

"轰"的一声，火光一闪，传来履带"哗啦哗啦"断开散落的声音，一只大家伙不动了，敌人的机枪还在疯狂号叫。一个身影蹿出浓烟，箭步飞上坦克，掀开顶盖，投进手榴弹，翻身跃下，侧身滚动，迅速爬到低洼处，又是"轰"的一声，"哒哒哒"的机枪声停止了。

敌人十几次的冲锋都被打退了，三个庞然大物趴在阵地上一动不动，冒着浓烟，这是董存瑞的杰作，阵地前满是敌人丢弃的武器，足够装备两个排。

经过十五个昼夜鏖战，董存瑞所在连成功地拖住敌人，为地方政府和战略物资转移赢得宝贵时间，也为我军挺进太行山区创造了有利条件。

萧克司令员通令嘉奖独立第 5 旅 13 团、15 团。因主动出击，作战勇敢，董存瑞受到团首长表扬，第一次荣立大功一次，获勇敢奖章一枚。

部队撤出延庆，先后转战龙关、赤城一带。一天，部队穿过小北川，看着熟悉的山，熟悉的路，董存瑞心中漾起从未有过的亲切感。他仿佛看到站在门口盼儿回家的爹娘，多想跑回去看一看，瞧一瞧，哪怕只一眼，但他清楚地知道，作为解放军战士，时时刻刻都要做好战斗准备。他深情地回望自己的家乡，踏着故乡的土地，悄悄从村边走过。

冬天的长安岭冰天雪地，寒风刺骨，为掩护地方干部和群众转移，董存瑞和战友们阻击着敌人的进攻。班长身负重伤昏了过去，董存瑞挺身而出，大喊："听我指挥！"他上好刺刀，跳出战壕，手一挥，高声呼喊："同志们，冲啊——"带领全班像猛虎下山一样冲进敌群，与其他班配合将冲上来的敌人打压下去，顺利完成阻击任务。

　　根据"分散坚持、原地斗争、牵制敌人"的部署，董存瑞所在部队仍在龙关、赤城一带作战，但他们的生活极其艰苦：有时一天几仗，多次行军；有时迅速转移，频繁作战，给养毫无保障；有时怕暴露目标，不能烧火做饭，董存瑞就把省下来的炒豆分给战友们吃，自己还饿着肚子。坚持不了的时候，他就嚼点儿生小米，还给战友们讲红军爬雪山、过草地的故事；有时实在走不动了，他就讲几句笑话，给大家提提精神；有时出点儿洋相，逗战友们哈哈一笑，瞬间疲惫全无；还有时哼唱一段北川小调，大家立马精神抖擞，急速前进。董存瑞就是这样和战友们度过了 1946 年最漫长寒冷的冬天。

第六章　战功卓著育英雄

1

1946年12月，6连新调来个指导员，叫郭成华。经王万发连长介绍，指导员认识了8班副班长董存瑞。郭指导员了解到董存瑞性格活泼，作战勇敢，有个性，还好打抱不平。谁知到任不久，他就领教了董存瑞的特点。

原来放哨时1排2班比1班多放了一岗。开会时，2班班长也没说什么，董存瑞以为2班班长老实，不爱说话，就站起来替他抱打不平，说1班欺负2班。1排排长说："你也不是我们排的，不了解情况，别瞎提意见！"董存瑞也不甘示弱，说看不惯不公平的事，当场与1排排长吵起来。

散会后，1排排长向连指导员汇报工作，讲了在会上和董存瑞吵架的事。指导员了解了前因后果，决定找董存瑞进行一次深度交谈，希望他改掉盲从的缺点。董存瑞得知事出有因，也意识到自己不分场合，本以为替别人鸣不平，却因不了解真实情况而盲目冲动。他觉得自己太幼稚，什么事只看表面，不调查，不研究，随意下结论。他哭着说："指导员，是我错了，瞎嚷嚷，没立场，往后我坚决改！"他还当着大家的面主动向1排排长道歉，并在班里做了深刻检讨，并保证不再重犯。

他对指导员说："指导员，你真好，就跟我娘似的，说话总那么在理。往后你啥我都听！""别人说话你听不听呢？"指导员反问一句，董存瑞没吭声，"别人说对革命有利的话，你听不听呢？""听！"董存瑞笑了。指导员也笑了。

1947年3月，部队在顺义以北的牛栏山打了一仗，战斗结束后，董存瑞口头提出申请加入中国共产党。那时，党组织活动都是秘密进行，就连身边的战友也不知道。

部队驻在顺义沙峪和怀柔渤海所一带进行整训，6连党支部讨论董存瑞入党问题。王连长认为他出身好，从小就受党的教育和革命斗争锻炼。参军后，政治觉悟不断提高，爱憎分明，英勇杀敌，多次立功，合乎入党条件。也有人不同意，说他组织性、纪律性差，好说俏皮话；不满十八岁年龄，还差几个月。

由于多数党员赞同，本着少数服从多数的组织原则，再经6连指导员郭成华与2排排长郭元方介绍，支部大会通过了董存瑞的入党申请。他终于可以像石裕民、王平那样，做个勇敢无畏的英雄，以自己的行动，实现生平最大的愿望。

2

4月7日晚，独立第5旅司令员段苏权、旅长詹大南、政委李光辉率领部队从龙门所出发，经镇安堡，于晚间到达独石口附近，部署歼灭据守独石口国民党骑兵14纵队张天聪部，该纵队相当于一个团的兵力。

任务下达后，第13团、15团连夜行军一百二十多公里，直奔独石口。独石口是宣府镇一座重要关口，素有"上谷咽喉，京师右臂"之称，因关口处有一拔地而起的孤石而得名。这里属明长城的一部分，西起宣化、崇礼、赤城三县交界处锁阳关北部的大尖山，至独石口向东南，沿黑河与白河分水岭，经镇安堡、龙门所，至后城马道梁，入延庆永宁、四海，与八达岭段相接，全长四百六十余里。独石镇左据冰山之险，右扼沽水通道，北临蒙古草原，雄峙边垣，孤悬塞外，历朝历代皆为"兵家所重"。

13团前卫连在城南杨家窑抓到一个敌人的哨兵，经审问得知，敌情有变。原来敌11旅22团马占山部由张北到独石口换防，现在敌人的两个团都在城内。敌我均为两团，兵力相当，原定以优势兵力歼敌的条件已不成立。

独立第5旅首长仔细分析敌情，认为敌军兵力虽增多，但正在交接防地，新生旧懈，可以出其不意，攻其不备，遂决定按原计划行动。

13团作为主攻团，团长刘义荣、政委黄泽九，命令副团长李洪元率1营从独石口城西佯攻；2营担任主攻，突破点选在城东北角；3营占领北山，作为全团预备队。

15团在独石口以北的小厂至小蒜沟一带，阻击沽源方向可能增援之敌，并切断敌逃跑后路。团长吴迪命副团长周德礼率2营抢占独石口西南高地，配合主攻部队围歼敌人主力。

2营6连攻占西南山，控制制高点。西南山原有日军建造的碉堡，现已全都拆除。从地面看那里只是一片乱石瓦砾，但连长考虑战场情况，命2排副排长携董存瑞等四人到山上摸清情况。

当董存瑞和战友爬到山上，竟发现碎石下还有一个大坑。日军建碉堡时，在重要关口都修筑着十分坚固的暗洞，里面储存着大量武器弹药、食品物资，还另设一个出口便于撤退。

副排长命令董存瑞带着两名战士悄悄下去侦察，发现坑外还设有两个抱枪的哨兵，只不过两个家伙睡得正香。董存瑞用手比画掐脖子、捂口鼻，用枪抵住敌人脑门。

他们将哨兵抓过来，一问得知，山上防空洞还有一个排的兵力正在沉睡。副排长让董存瑞三人守着洞口，他带着另外一个战士立即押着俘虏向连长汇报。连长带领战士们火速冲上去，将洞中敌人全部俘获，顺利占领西南山制高点。

8日凌晨3时，13团2营4连迅速拿下城东北角的炮楼，全歼守敌一个排。5连、6连和机炮连从东北角打开突破口，攻进城内。1 营在西边同时打响战斗。预备队 3 营从 2 营突破口投入战斗，并用两门山炮向城内敌人聚集处猛轰。

敌人遭此袭击，乱作一团，从南门突出城外，又遭周德礼率领的 15 团 2 营迎头痛击，旋即折向北逃，至小蒜沟正遇在此设伏的 15 团重机枪连，大部逃敌在此被歼。

独石口一战，我军以两个团兵力全歼国民党军两个团，创造解放战争史的经典战例。

3

部队回师东指，日夜行军，寻找战机。一天午后，前方传来激烈的枪声，是我军在旧屯包围了从张北溃败下来的国民党骑兵团。

旧屯也叫"营子"，曾为清驻防兵营，是四千年前山戎族、三千年前肃慎族、一千年前女真族、三百年前满族的重要生活区域，具有鲜明的北方民风民俗，还是汉代名将李广射虎的发生地，处于隆化、丰宁、滦平三县的黄金交界点，距隆化县城四十一公里。

话说正当敌人重机枪猛烈扫射时，在浅坑隐蔽的董存瑞注意到，敌人火力旁有间草房。他抓起一块破草席顶在头上，匍匐前进，利用地形地物爬到附近，越过两道围墙，看到敌人机枪还在喷火，轻轻移到火力死角，瞅准时机，猛地一跃，双手抓住枪筒，脚往墙上一蹬，用力一拽，把没有防备的敌人吓了一跳，愣神之际，机枪已被董存瑞夺过去，枪口调转消灭了敌人。

战友们从四面八方涌来，与顽敌激战两个小时，将意欲逃往隆化县城的敌骑兵团残余一举歼灭。王连长跑过来，捧着董存瑞被烫伤的手，心疼地嗔怪："你这嘎小子，不知道射击的枪管滚烫吗？"董存瑞"嘿嘿"一笑，露出两颗小虎牙，顽皮地说："我只想夺枪。"

战斗结束后，旅首长参加了6连战评会。战友们提议，给8班副班长董存瑞记大功。因为他在独石口与旧屯战斗中都有惊人的表现。

谁知1班有人站起来，说："他们班熄灯后总是点着油灯，不符合要求。""不对，副班长点油灯是为大家。"有战友解释，"平时我们新兵手懒，衣服鞋袜破了也不补，都是副班长油灯下一针一线缝好的！"

董存瑞站起来，说："我做的工作太少，离党的要求还差很远。我认为班长工作细心、扎实，战斗中负伤仍坚持战斗，这个功应该给班长。"

又一只手举起来了，大家一看，笑了。只听："战斗间隙，董存瑞经常帮炊事班干活儿。"火头军们也嚷嚷着："如果不给董存瑞立功，我们就不给你们1班吃饭。""哗——"台下一片笑声。

"我揭发副班长一个秘密！"一个战友站起来说。董存瑞一看，急了："小孙，快坐下。"旁边的人一看，这又是什么"戏"？另一个战友拽着董存瑞的衣角说："哎，副班长，让大家说话嘛，这是民主会！"

小孙看了一眼董存瑞，说："每次战前都是一人一份儿干粮，可副班长总把他的那份留到最后，分给战友，特别是打大仗的时候，他更是这样。他总担心我们几个新兵吃不饱，没力气，可他自己……他……"小孙的声音有些哽咽，眼圈也红了，"他自己饿着肚子，到地里找野菜吃，把炒面都给了我们，还说……吃野菜好处多……"小孙说不下去了，忍不住抽泣起来。

全连人的目光都投向董存瑞，他的脸"唰"地红了。参加评功会的旅首长抚摸着董存瑞的头说："小鬼，下次可不能不吃饭啊！不然打起仗来，你还跑得动吗？"

"报告首长，我小时候吃酸枣多，浑身都是劲儿。"

"哈哈——你这小鬼！"

7月，部队返回丰宁县大阁镇休整，旅里召开首次庆功会，旅首长将一朵大红花和一枚金光闪闪的"勇敢奖章"佩戴在董存瑞胸前。战友们用热烈的掌声鼓励他继续努力，再立新功。这是董存瑞获得的第二枚大功奖，还被记了两次小功呢。

如果说勇敢顽强是一个战士的意志表现，那么在战斗中既能有效打击敌人，又能机智灵活地保全自己，就是一名素质极高的优秀战士。从董存瑞参加的几次战斗中，我们不难发现，他的确是一位出色的勇士。

4

9月，部队向丰宁县山神庙出击。6连在后所屯遭遇敌军，迅速找好位置，与敌人展开了激战，但敌人凭借有利地形连续发起四次进攻，每次都被6连战士打退。

这时，一块弹片从董存瑞身边擦过。他马上意识到"不好！"腿部隐隐作痛，鲜血涌了出来。他趁敌人未发起新一轮攻势，赶紧解开裹腿将伤口包扎好，转过身继续准备战斗。

一个战友发现董存瑞受了伤，劝他退下去。他说："这点儿伤算什么！轻伤不下火线，一定要消灭这股敌人。"战友点点头，为他竖起大拇指。他和其他战友密切配合，消灭了一个排的敌人。

10月初，冀热察军区第5旅改编为独立第2师，原13团改编为4团，再由原13团、15团两团各调部分兵力扩编成5团，原15团改编为6团，也就是董存瑞所在团。独立第2师辖4团、5团、6团三个团，师长詹大南，政委李光辉，原15团团长吴迪出任师参谋长。

8日，第2师在旧县附近与守敌暂编第3军展开激战，歼敌一个营。这是我主力部队在延庆被占后第一次对敌军的歼灭性打击，与此同时，部队所到之处，刚翻身解放的农民都纷纷报名参军。董存瑞所在的8班也迎来了丰宁县黄旗乡的郅顺义、隆化县碱房乡的刘钧等新兵。

作为 8 班副班长，董存瑞向新兵详细地介绍着班里的每一位战友，还把老兵的脾气秉性讲给他们听，为的是让新兵尽快熟悉身边最亲密的战友，还充分利用时间传授一些必备技能。董存瑞看着新兵刘钧还穿着老百姓的衣服，就把自己半新的军服送给他。

一天早操，董存瑞发现郅顺义的两只布鞋都"咧开了嘴"，心想，这要是行军打仗没合脚的鞋可不行，包裹里还有一双百姓送的"拥军鞋"，自己还没舍得穿呢。

吃完早饭，董存瑞从行李包里取出新鞋端详一番，会心地笑了。他走到郅顺义身边，拉他坐在炕头上，抓起他的脚，就把那双开口鞋脱掉，换上新鞋。

郅顺义低头瞧瞧脚上的新鞋，在地上轻轻地走了几步，又用力跺了跺脚。这双既暖和又舒服的布鞋，像是专门量着自己的脚做的。他问董存瑞："这是给我的？"董存瑞用力点点头。郅顺义憨憨地笑着，一个劲儿地感谢自己的"小班长"。

穿上军装的刘钧被分到 8 班都好几天了，可每天还是闷闷不乐，一点儿笑容也没有，吃饭总是躲到一边。董存瑞早就猜出他的心思，不言不语地替他站了几班岗，晚上还挨着他睡。刘钧觉得副班长人小，却懂得照顾别人，就把心里话告诉了董存瑞，说自己想家了，想爹娘了。董存瑞耐心地给他讲："咱翻身解放，参军入伍，不就是为了像爹娘一样的穷苦百姓过上好日子？"

刘钧听了副班长说的话，细细琢磨着每句话的意思，终于想明白了自己为啥来参军，也懂得了革命队伍是为解放人民的，是为人民服务的。他离开了自己的小家，就是为了大家，为了更多的穷苦百姓。他告诉副班长，说自己下定决心，以后不再一门心思地想自己的小家，要把战友的深厚情谊记在心上，坚定为人民当兵的意志。

部队开拔到赤城以南、雕鹗以北的浩门岭参加阻击敌人的战斗。这种防御战，目的就是阻止敌人的增援或逃跑，为的是保障主力部队歼灭更多敌人，或阻止敌人的进攻，掩护主力部队展开行动，或保存实力，转移他处。

他们趁夜色分布在指定地点，8 班的任务是坚守山头。拂晓时分，战斗打响了，敌人的炮火猛烈地打到我方阵地。突然一颗子弹飞来，击中了 8 班班长的头部。新战士看到班长牺牲，心更慌了，不知所措。为了稳定大家的情绪，顺利完成任务，董存瑞果断宣布："现在我就是班长，大家一定要听我指挥！"

刘钧本来胆子就小，第一次上战场就看到朝夕相处的班长头部血流如注，竟站在原地一动不动，拿枪的手一直都在发抖。董存瑞拍了拍他的肩膀，鼓励他说："一定要守住阵地，为班长报仇！"

郅顺义不知什么时候站到了董存瑞身边，大声说："小班长，我服从指挥！"这个当过放牛娃，做过木匠活，三次被日寇抓去当劳工的穷苦农民，是以农会委员身份报名参军，已过而立之年的他，也是首次直面生死，说不紧张，恐怕不是实情，可当他看到比自己小十一岁的副班长董存瑞勇于担当的行为，备受鼓舞。

郅顺义坚定的态度感染了新战士，也感动着老战士。他们全都站到董存瑞身边，做好与他并肩战斗的准备。

傍晚，上级命令全面反击，董存瑞带着8班战士冲进敌群，与敌人展开了肉搏战，抢夺轻机枪一挺，打死打伤二十多个敌人。战斗结束后，团首长表扬了董存瑞是临危不惧、勇挑重担的好班长。

5

11月，在四海一带，部队开展了新式整军运动。解放军兵力有三种来源：一是老战士，有八路军的好传统、好作风，像董存瑞这样的参加过抗战的老兵；二是土改后参军的新战士，比如郅顺义、刘钧等人这一类的。他们懂得为谁而战，但思想认识还有待提高；三是从国民党部队投诚或俘虏过来加入到解放军行列的，因为在敌对的旧军队里沾染的恶习，阶级觉悟比较模糊，还没有达到一定的认识水平，常常会违反解放军的纪律。

为了统一思想，提高认识，部队将所有战士集中在一起，开诉苦会，让战士们诉旧社会和反动派给人民带来的苦。在诉苦的过程中，战友之间也就不知不觉将心贴近了。他们通过解放区与国统区农民的生活变化作对比，了解到八路军的优良传统和良好作风，全体官兵团结一致，有了共同的奋斗目标。

董存瑞是富有参战经验的老兵，始终铭记自己是一名光荣的共产党员，时刻执行党的纪律，严格要求自己，处处起模范带头作用。他深切地体会到如何关心新战友，让他们感受到人民军队的温暖，感受生死与共的战友情。他利用闲暇时间，给新战士讲八路军与老百姓的鱼水情，教他们苦练军事技能，还给他们传授在战场上如何消灭敌人的经验。

行军时，董存瑞主动帮身体虚弱的战友扛枪、背背包；宿营时也不闲着，经常帮助年长的老战士打洗脚水；为入伍不久的战友挑血泡；油灯下，他还为没拿过针线的战友缝补衣服和鞋袜；寒夜里，他替生病的战友站岗放哨，还为新战士盖被子。

进行新式整军活动，董存瑞带着全班战士深入群众，了解当地百姓疾苦，和新战士促膝谈心，增进了解，建立友谊。一天，部队途经丰宁县黄旗镇，他主动向指导员建议，自己陪郅顺义探一次家，借此了解土改后农民的生活发生了哪些变化。

第二天，他们回到部队。董存瑞把亲眼看见的农民分到土地、房屋、牲口和浮财的桩桩新鲜事讲给战友们听，让大家从中也能感受到农民翻身之后的幸福。从此谁也不再提想家的话题，也不念叨着回家种地了。

部队除了诉苦，还开展了"三查""三整"以及群众性练兵活动，挖掘内部射击、刺杀、投弹能手，全面采用官教兵、兵教官、兵教兵的军事民主方法，提高指战员的军事技能。

这次整军运动，使成立不久的独立第2师更加上下一致，同心协力，接连打了几场漂亮仗，鼓舞了士气，凝聚了革命军人的力量。

6

1948年1月12日，国民党傅作义部暂编第3军第11师从永宁出发，向延庆四海一带侵犯，妄图寻找独立第2师决战。得知这一情报，参谋长吴迪与师部其他领导研究立即进行歼敌部署：第5团占领南湾北山和大胜岭后山；第6团占领南湾村南的乔玉顶高地，布成三公里长的大口袋，同时命远在黄花城、石湖峪的4团急行军赶往黑汉岭以东，阻断敌人归途。吴迪采取"诱敌深入，后发制人"的战术把敌人诱至预定地点，将其包围，全部歼灭。

四海是冀热察军区根据地，独立为县，地处延庆、怀柔、滦平、丰宁等县交界的边缘山区，旧称"四海冶"是因附近有黑汉岭、大胜岭流域；西沟里、西沟外流域；永安堡、岔石口流域；海字口、菜食河四条水域汇合至此而得名。

南湾村位于延庆城东北三十五公里处，东偏北距大胜岭1.4公里，东南距四海3.9公里，著名的"南湾战役"就发生在这里。南湾原名龙泉堡，因村落向南面对一河湾，故改今名。村庄坐落在西沟里、西沟外和黑汉岭、大胜岭两大水系的夹角之间，被延琉（延庆至怀柔琉璃庙）公路分成两半。不知从何时起，随着两大水系枯竭，河湾也没水了，变成一块四面环山的谷地，海拔约七百二十八米。

南湾村东的延琉路北是坡度陡峻的老东坡；正北有突兀高耸的山峰"和尚帽"；往西隔着一道山沟是挡在南湾谷地西北方向的大山楼子坡；延琉路东南就是被称作"乔爷顶"的南山主峰乔玉顶；南山西部靠近南湾村有一片黑黢黢的松树林，树高林密，被誉为"黑松坡"；往南有座山峰名叫"铁炮梁"，正挡在乔玉顶和黑松坡之间通往西沟外的那条山川。

董存瑞所在6连早已趁天黑到达海拔一千二百米的乔玉顶峰。夜半寒风刺骨，南湾村正北的"和尚帽"峰有一个排的兵力凭借搭起的瞭望棚分三班换岗。瞭望棚下的南湾村、黑松坡、乔玉顶峰，还有"和尚帽"两侧的楼子坡、老东坡全都尽收眼底。但那天正是农历十一月二十八，整整一夜看不到月亮。有人说：如若不是夜黑风高，暂3军根本没把独2师和县大队放在眼里，怎容得下两千多人的队伍从容布阵呢？

其实全副美式装备的暂17师做梦也没想到，一群"土八路"对他们实施歼灭性半包围。天大亮之后，瞭望哨才发现我军传令兵移动的踪迹，报告传到暂17师师部，他们立刻整装集结，大头皮靴"咔咔"的声音踏在冻结的泥土路上，就连百姓的草屋窗棂都被震得哗啦啦直响。

再看乔玉顶主峰下稍矮的几座山峰上，已经腾起一团团烟雾，伴随着荆棘、树枝折断的姿态，一声声沉闷的爆炸声响起。乔玉顶埋伏的独2师主力被发现，暂17师一个营的兵力从南湾村的土房草屋与残垣断壁中纷纷涌出。

他们在乔玉顶南坡下的山道上集结，钢盔时隐时现，到了杏树林前的一片开阔地，士兵们解下身上的背囊、脱下笨拙的大头鞋，轻装上阵，枪都推上了子弹夹，插上刺刀，粗重的喘息声漫过山沟和茂密的荆棘丛……

战斗打响了，我独立第2师第5团首先与敌人交火，经过激烈战斗，终于将敌人阻截在大胜岭一带。从俘虏口中获知，此次来犯的敌人并不是两个团，而是一个整编师，外加一个炮兵营。他们企图用众多的兵力和猛烈的炮火夺取南湾村的制高点——乔玉顶。

独2师指挥部认为，如果敌人占领制高点，那我独2师的整个阵地就会暴露在敌人火力之下，我军战略部署肯定难以实现。在这万分危急时刻，作为师参谋长的吴迪不顾个人安危，亲自到乔玉顶高地指挥战斗。

6团是吴迪参谋长的老团，他不希望自己曾经的老部下在这样重大的战斗中失利。他深入部队前沿指挥作战，不幸被敌人冷枪击中，英勇牺牲。

6连位居乔玉顶侧翼，在新任连长李登指挥下，已经打退敌人的第五次进攻。穷凶极恶的敌指挥官竟高价收买士兵组成"敢死队",向乔玉顶发起第六次冲锋,企图占据制高点进行突围。

董存瑞和战友们的子弹打光了。他们就投手榴弹。手榴弹也用光了,他们就搬起身边的大石头,砸向敌群。

董存瑞边投石块边喊:"同志们,没弹药就快放石头!"战友们纷纷搬起石头猛砸向上爬的敌人。满坡飞石头,石头碰石头,撵着敌人屁股往下滚,只听爹呀,娘呀的一片哭喊声。战士们趁势冲向敌群展开肉搏战,抢夺敌人的武器。这些平时耀武扬威的敌人,此时早已成惊弓之鸟,死的死,亡的亡,剩下的也是带着轻伤,丢下武器,逃命去了。

天快黑时,被压制在南湾村的敌人不敢再露头了。6连连长李登采纳了董存瑞提出的"正面佯攻、侧面突击"的建议。董存瑞率先带8班侧面突击,冲上敌人据守的制高点,切断敌人退路,配合正面进攻的战友一并全歼了这一个团的敌人。

我军开始反攻了,在追击残敌时,董存瑞高举手榴弹冲进敌群,大声喝道:"缴枪不杀!"敌人被突如其来的声音吓了一跳,乖乖放下武器,举手投降。董存瑞夺过机枪,俘房了十几个敌人。

再说第4团,奉命赶到黑汉岭以东已是黄昏时分,占据有利地形,将敌军包围。顷刻间我军从各路发起总攻,与敌展开白刃战、肉搏战。

经过一天一夜的鏖战,敌军已被消灭大半,残部向永宁方向撤退,哪知刚走到中途就遭遇了我军伏击,一个整师的兵力几乎全部覆灭。

　　南湾之战的胜利，沉重打击了敌人的嚣张气焰，有力配合我军在东北及平津冬季作战，扭转了察东地区的战局，为夺取辽沈战役，乃至整个解放战争的胜利，做出了不可磨灭的贡献，而董存瑞也因突出贡献，荣立大功一次，获得第三枚"勇敢奖章"。

第七章 擎天一举垂青史

1

1948年3月，东北野战军第11纵队在朝阳地区正式组建起来。朝阳属辽宁下辖地级市，别称"龙城"，是东北地区与中原地区政治、经济、文化交流的枢纽地带。第11纵队是以冀热察军区直属机关大部人员，另抽调热辽军区部分干部为基础，组成纵队直属队；冀察热辽军区独立1师、2师、3师改编为31、32、33师，为纵队新编三个步兵师，共两万多人，第11纵队司令员为贺晋年，政委陈仁麒，参谋长舒行。

独立第2师升编为东北人民解放军第11纵队32师，原4团、5团、6团分别改编为94团、95团、96团。董存瑞所在团升编为第11纵队32师96团，他本人升任2营6连2排6班班长，郅顺义升任7班班长，刘钧调机枪班当战士。

在这支新组建的队伍中，31师、32师有些井冈山一方面军的老底子，基础不错，但过去主要是打"运动战"，而

33 师是刚刚成立的。随国内战争形势的发展，要开展大兵团的"步炮协同""攻坚战"，需要进行新的学习和训练。第11 纵队司令部命令，在朝阳地区开展五十天"军政大练兵"。

一天，上级首长到 2 营 6 连训练场视察，只见战士们正在热火朝天地演练爆破、攻坚。他们有的夹着炸药包，避开假想敌的火力封锁，翻滚跃进；有的匍匐在地，用机枪掩护；还有的冲到冰雪冻筑而成的碉堡前，拉响导火索……

一个手和脸冻得通红，眉毛、帽檐都挂满冰霜的小个子战士引起首长的注意：只见他技巧娴熟，动作灵活，一次次向假想的敌人碉堡发起攻击。首长问他："冷不冷？"他大声回答："活动起来就不冷了。"首长问他叫什么名字、哪个班的，小个子战士立正敬礼，声音洪亮地回答："报告首长，我叫董存瑞，是 6 连 6 班班长。"首长走过去轻轻拍拍他的肩膀："我观察了你们的训练，突出进攻的重点，很有针对性，各方面组织到位，战士们练兵的积极性很高，说明你这个班长领导有方啊！"

董存瑞激动地说："报告首长，一想到我们去年打隆化牺牲了许多战友，心里就难过……这次一定要拿下隆化，替战友们报仇！"

首长看着眼前这位可爱的战士，内心尤为感动。他没料到那场战斗的失利会成为战士们自检自勉的动力。

咦？去年打隆化是怎么回事？原来是 1947 年 5 月，冀察热辽军区曾集中五个旅的兵力（含董存瑞所在独立第 5 旅）

对隆化发动过一次夏季攻势。当时，以第 17 旅主攻隆化，旅长叫周仁杰。

没打下隆化的主因是"敌情不明"：不了解苔山、隆化中学和城区三者间相互支撑的"整体防御体系"；没有首先攻占苔山制高点，使进入城区和攻打隆化中学的部队被动挨打，同时，因苔山地势险峻难攻，17 旅缺少炮火支援（配属炮兵营只有几门日式山炮和平射炮，炮弹仅有三十六发），又受来自侧后方的隆化中学敌人攻击，屡次进攻受挫。

后来双方形成对峙，苦战十天，歼敌七百多人，而我军伤亡二千五百余人，其中仅 17 旅减员就达一千二百多人，参战 16 旅和 5 旅 13 团，也损失很大。1947 年 5 月 30 日，所有参战部队不得不撤出战斗。

2

当第 11 纵队干部、战士听说又要攻打隆化，都憋着一口气，决心定要打掉敌人这座"固若金汤"的防御堡垒。

此次行动是由 31 师担任主攻，还有一支重火力炮兵旅配合。不过这个炮兵旅的实力还很单薄，仅有二十八门火炮，炮击方向是此次战役最关键的苔山阵地，而县城和隆化中学的堡垒，要靠 32 师、33 师的步兵攻克。

敌人守军也吸取了上次隆化之战的教训，经过一年苦心完善，特别是核心堡垒和作为兵营的隆化中学，已经构成集碉堡、暗堡，结成网壕沟、铁丝网等一应俱全的防御整体，且形成几百米的防御纵深。隆化中学就像一个包裹严密的大刺猬，攻下它，必须将其身上的刺一根根拔掉。

连日来，董存瑞吃饭、走路都在琢磨什么事儿。一天，连里让各班讨论战术方案，董存瑞让班里的战士挑沙子、捡砖头和树枝。他们在房东的院子里堆起了一个城防土沙盘。董存瑞向战士们讲解敌人的前沿阵地、碉堡群、母堡、子堡、外壕、鹿寨、铁丝网的配置情况，以及 6 连 6 班的位置，让大家出主意、想办法，仔细研究，终于想出一整套攻坚爆破的好办法。战士们兴奋地把这个土沙盘叫作"院中堡垒"。

指导员郭成华把 6 班的经验运用到连队的"四组一队"战术训练中，取得了很好的效果。副政委李振军下连队考察，了解到这一情况，及时向师部做了详细汇报。

师长李光辉和政委刘禄长前来观摩。突然，一颗拉开弦的手榴弹"哧哧"冒着白烟，正在地上打转。眼疾手快的董存瑞抓起手榴弹奋力扔了出去。手榴弹在远处的空中爆炸，避免了一场重大事故。

师长问："这个小伙子叫什么名字？"副政委说："他叫董存瑞，6 连 2 排 6 班班长，'院中堡垒'的发明者。"师长当即对董存瑞舍生忘死的精神予以肯定，授予他"模范爆破手"。

在实战演练中，董存瑞带领 6 班战士先后炸毁"敌人"三座"碉堡"。自此大家记住了聪慧勇敢的"小个子"班长和他的"模范练兵班"。

3

5月初，第11纵队从朝阳出发，连夜急行军，意欲夺取隆化城。这是第11纵队成立以来所打的第一仗，为什么会选择这里呢？

隆化位于承德之北，背倚围场，西通丰宁，南隔滦平，直抵古北口，是我军通往东北方向的交通要道。解放隆化，不仅可以除去晋察冀、冀热察中间的一大障碍，还能使热西、察东的根据地连成一片，对热河解放，配合即将开始的辽沈战役，掩护华北战场"杨罗耿兵团"东进，牵制东北、华北两大战区敌人，阻止热西之敌东援，使我军直捣山海关，扼住敌人咽喉，都有着重大的历史意义。

部队日夜兼程，战士们看到沿途被国民党13军、还乡团、土匪烧杀抢掠，糟蹋得不成样子的村庄，个个义愤填膺，恨不得一步跨到隆化城，彻底消灭袭扰百姓的敌人。

12日晨，从乘洞子方向突然飞来几发炮弹，在隆化县头沟与二沟之间的村子爆炸，正吃早饭的女人拖儿带女冲出房屋。她们保全了性命，却失去了家园。敌人的炮火摧毁了几户百姓房屋，近二十间民宅着火。村里的男人因为躲避国民党抓壮丁，纷纷逃到山里，家里剩下的，全都是老人、妇女和儿童。

李登接替了不足一个月因伤无法担任6连连长的牛全泰。没想到才上任几个月，他也身负重伤离开6连。眼看着自己的连长一个个受伤，董存瑞心中燃烧起复仇的怒火。他带着6班主动出击，与到村庄里抢粮的敌人遭遇，经过一场激战，将敌人全部消灭。

他们看到浓烟滚滚，飞奔进村，对着房屋大喊："有人吗？""屋里有人吗？"这时，一个披头散发的女人哭着说自己把枕头当孩子抱出来，可三岁的女儿玉芝还在屋里。董存瑞一听，二话没说，冲进烧着的房屋，将小女孩儿抱了出来，递给大嫂。

指导员郭成华正好经过那里，看到被救的孩子已经苏醒。他摸了摸孩子被熏黑的小脸儿，才得知是董存瑞救了孩子。

2营教导员宋兆田听了郭指导员的汇报，在全营表扬董存瑞，说他不光能打仗，还具有救民于水火的大无畏精神，是大家学习的榜样。

4

2营在头沟村一安顿下来，就召开了军民诉苦大会。营部请来了两位烈士的亲属，其中的老大娘哭诉：国民党军把她的丈夫抓去活埋了，如果不是解放军及时赶到，她也差点儿上吊死了。台上台下一片哭声，董存瑞紧咬嘴唇，手指攥得嘎巴响。他腾地站起来，带头高呼："为老大娘报仇！""打倒蒋介石，解放全中国！"会后，董存瑞向连队领导表示："打隆化，我要送第一包炸药！"

5月18日，部队开到距隆化县城五里地的小山村土窑子沟。紧张的战前准备工作开始了，战士们不分昼夜地从驻地向敌人前沿挖交通壕。董存瑞鼓励6班战士："咱们加油干，早挖成一天，隆化就早解放一天。"

在他的带动下，全班战士争先恐后，提前一天完成任务。他们又去支援兄弟班，战壕一直挖到距敌碉堡群十几米处。防御工事做好了，他们又去捆炸药包、做支架、造梯子。董存瑞还在自己捆扎好的炸药包上画漫画。

我军历来有战时非指挥人员下基层参战的传统。32师宣传干事程抟九被分到了他熟悉的2营。教导员宋兆田对他说："目前6连干部力量不足：连长李登重伤还未归队，只有指导员郭成华和刚调任的副连长、原师部管理员白富贵代理连长指挥战斗。你去6连正好协助他们做好战前动员，协助做好其他工作。"

就这样，程抟九来到6连，在连部的战前准备会上，第一次见识了董存瑞的"虎劲儿"。

"我们要做三脚支架，势必要砍树。现在给大家规定几个'不准砍'。"6连代理连长白福贵分配好赶制三脚支架任务后，旋即强调群众纪律。他停顿了一下，清了清嗓子，接着说："同志们，大家一定要记住：群众院子里的树不能砍；紧挨院墙的树也不能砍；果树不能砍；山场上有主的树不能砍……"等所有事项说完，白连长宣布"散会"。

这时，董存瑞高喊一声："副连长，我有意见！"站在白副连长身边的程抟九一愣：部队纪律严格，令行禁止。上级命令哪有什么商量的？只有执行，谁还敢"有意见"？

哪知白连长一点儿也不含糊，转身问："什么意见？说说看。"

董存瑞往前跨了一步，大声说："现在整个部队都在做三脚支架。这也不能砍。那也不能砍。没有那么多树怎么办？我看咱这规定能不能改一改？"

"怎么改？"

"连长你看，只要我们说服老百姓，同意砍的树都可以砍，怎么样？"白福贵转过身与郭成华、程抟九交换意见，觉得董存瑞说得不无道理。他随后决定："凡是要砍的树必须事先征得百姓同意；百姓同意砍的树都可以砍下来做成支架或梯子。"

随即 6 连开始赶制三脚架。实际确如董存瑞所说，11 纵队不只是 6 连需要树木，凡担任突击任务的连队都在赶制三脚架，且必须多于敌人的碉堡、暗堡数量。何况战斗一打响，消耗的三脚架和炸药包远远超出计划：有的可能会被炸飞；有的和被炸掉的敌人工事一起摧毁；有的则会随爆破手受伤或牺牲而倒在执行任务的途中……

战场情形，瞬息万变。

5

5月24日清晨，几位首长来驻地检查战前准备工作。董存瑞知道，这回可真要开战了！一上午，他几次去连部请战，要求当"爆破元帅"。上午11点，全连召开"挂帅点将"动员会。副政委李振军在"挂帅点将"会上，再次见到"爆破能手"董存瑞。

李振军悄悄地坐在下面，看到主席台上并排立着四面大旗，分别是"爆破元帅""突击大将""火力大将""支援大将"。会场上，争夺"帅旗"的报告声此伏彼起，群情激昂。李振军也被眼前热烈而紧张的气氛感动着。

只见战斗组长王海生冲上台，陈述要当"元帅"的理由；接着黑脸膛、厚嘴唇、大个子的2班赵班长走到台前。"他叫什么名字？"李振军一时想不起来，"说话有些结巴，憨态可掬。"只听赵班长说："我老赵，要……要当元帅，保……保准马……马到成功！"台下一阵笑声，一片掌声。

第三个站起来的是董存瑞，因为过于兴奋，脸蛋儿通红，额上渗出细密的汗珠。他拍着胸脯，声音洪亮地摆出自己可以挂帅的全部理由：爆破技术好、打仗多、勇敢、不怕死。他还说："我们练兵、诉苦，为的是什么？去年打隆化，牺牲了那么多战友，又为什么？这次党把最光荣的任务交给我们，没二话，天塌下来也要完成！坚决响应党的'五一'号召，打倒蒋介石，解放全中国！如果我在这次战斗中负伤也绝不下火线。打死了也别把我拉下战场，就把我当成一块泥土垫在外壕里，死也要帮战友们把隆化拿下来！"

董存瑞刚说完，3班班长站起来："我们3班也要求担任爆破任务，理由是我班集体观念强，团结协作精神好，吃苦耐劳，作战勇敢。"3班班长看了董存瑞一眼，得意地坐下来。1班班长马上又站起来："1班也要求担任爆破任务……"

会场气氛异常热烈，哪个班都争抢最艰巨的任务，谁也不甘示弱。最后白副连长不得不采取举手表决的方式："1班、2班不够全票，同意6班的举手。"全场齐刷刷的"手臂之林"，代表着战友们的信任，也表达了领导与战友们的期待。

董存瑞是全团有名的爆破手，不止一次出色地完成爆破任务。大家有目共睹，当然信任他的每一句话。台下出现了令人振奋的场面，由于一致赞同6班班长董存瑞挂"帅"，战友们竟热烈地簇拥他走上"点将台"。

他整了整军帽，押了押军装，双脚并拢，笔直地站立着，举起右手向台上的各位领导敬礼，又转过身来向台下的战友致敬。他走上台，郑重地从白副连长的手中接过"元帅大旗"。

全场掌声雷动，副政委李振军被会场的气氛感染着。可他心里清楚：战士们奋力争夺的"帅旗"不仅是一种无上的荣誉，更意味着冲锋陷阵，准备付出鲜血乃至生命。董存瑞站在台上，紧握"帅旗"，执旗的手在微微颤抖，看得出他此刻的心情异常激动。

"元帅，你点将啊！"郅顺义着急地喊。台下战友也跟着喊起来。董存瑞点点头，台下立刻安静下来。一百多双眼睛盯着他，郅顺义更是目不转睛地注视着董存瑞手里的帅旗，直至听董存瑞大喊："点7班班长郅顺义为'突击大将'，杨德祥、王子元为副将。"郅顺义攥紧拳头，长长地舒了一口气。他跑步上台，从白副连长手里接过"突击大将"的旗子，向台下战友晃动几下，挺胸抬头，站在"爆破元帅"董存瑞的身边。

董存瑞又选出"火力大将"和"支援大将"。白副连长分别为机枪班班长和弹药保障班班长颁授战旗。郅顺义代表突击组高举右手，一字一句地发表着坚定的誓言。

6

隆化是承德的屏障，国民党在这里驻守了一个团的兵力。周围筑有四十多个半永久性碉堡，且都是由母堡、子堡组成的碉堡群，而在碉堡群周围还设有很多其他防御工事，如战壕、铁丝网、壕沟等，很多深沟里布满碗口粗的松木支起的密集木桩，上面削成尖溜溜的锋头。敌人还在各碉堡间部署火力联络，构成了立体式交叉火力网。这些工事与隆化城依托的苔山、龙头山等有利地形结合起来，形成相当坚固的整体防御体系，难怪国民党认为凭借"固若金汤"的防御设施，解放军别想从隆化通过，攻占承德，更不要说进入东北！

隆化城四面环山，又背靠苔山，左边有隆化中学这个核心堡垒，再有苔山居高临下的全方位火力封锁，完全可以控制整个隆化城的布防。要拿下隆化，必须先拔掉这两颗"毒牙"。

我军将31师和军区炮兵旅部署在主攻苔山的位置；安排33师从城东南方向突破敌人的碉堡群，完成攻城任务；董存瑞所在的32师从城东北面向隆化中学佯攻突破，以确保主攻部队的侧翼安全。

隆化战役之前，第11纵司令贺晋年在隆化城周围山岭上用了三天时间转了一大圈。他在慎重考虑第二次攻打隆化的细致战术：我军此次集中两万多人，十三倍于敌，可采用四面包围的方式。现在已用一周多时间做了战前动员、战术器材等准备工作，还要考虑选定主攻方向和次要突击方向，要选敌人的薄弱点和要害点。这次一定要打一场漂亮的"攻坚战"，以雪前耻。

激战前夜，董存瑞和战友们也睡不着觉。他们忆起过去的战斗生活，谈到新中国成立后自己想实现的愿望。这一夜，正好是农历四月十六，明月朗照，山林里的树影也显得格外清晰。

5月25日凌晨，三颗红色的信号弹升上天空，在震耳欲聋的炮声中，解放隆化的战斗打响了。这时，6连正抓紧时间吃早饭，董存瑞和战友们蹲在地上边吃边望着苔山西北方向。我军二十一门山炮和七门野榴炮一齐发射，气势磅礴。

只见苔山主峰的砖塔在炮火硝烟中转瞬即逝。苔山守敌在我方炮火轰击下，早已失去防御能力，所谓永久性碉堡群也在火力打击下一个接一个地灰飞烟灭。仅仅用了三十五分钟，31师就占领了苔山制高点，将红旗插上了顶峰。

5点25分，32师师部下达作战命令。96团从位于隆化中学正北方向的下洼子发起进攻，距隆化中学核心阵地大约一千五百米，而距敌人的前沿阵地外壕，仅有三十余米。

96团1营在左，2营在右，3营预备随时待命。团指挥所就设在1营和2营之间。战斗一打响，隆化中学外围的敌人凭借多年构筑的地道和明碉暗堡群负隅顽抗。董存瑞所在6连担任主攻，从城东北向隆化中学外围工事运动。

敌人的机枪严密封锁着他们前进的道路。6连火力组、突击组、爆破组、支援组互相配合，很快攻破了敌人的四个炮楼、五座碉堡，胜利地完成扫清隆化中学外围工事的任务。

7

敌人在靠近下洼子防御阵地前沿，修筑了一个大碉堡群。这个碉堡群叫"子母群"，即中心一个高大碉堡，脚下筑有数个小暗堡。暗堡外围挖有一人深、五尺宽的堑沟，沟底插满削尖的梅花桩，外围设有陷阱、鹿寨、铁丝网。整个隆化的敌人阵地上，设有四十座钢筋水泥构筑的碉堡。敌人不断地叫嚣：隆化工事固若金汤，任谁也攻不破！

2营第一梯队4连的对面，正是这个大碉堡群。他们进攻了两个多小时，就伤亡了四十多人。一个班十八人，最后只剩班长和三名战士，其他人不是牺牲，就是受伤，都被抬下了战场。

随后，营部动用了第二梯队，也就是6连去接替4连，继续完成进攻任务。6连代理连长白福贵、指导员郭成华和师宣传干事程抟九率领全连从4连打开的缺口向敌人的纵深防御阵地攻击。

该突破口距隆化中学约有九百米，6连的任务是从东北方向突破隆化中学。此时，他们前进的方向位于学校东北角大墙外侧，已经到了敌人防御阵地的内部。敌人凭借工事拼命抵抗。董存瑞所带领的爆破组就是利用爆破手段摧毁前进途中的炮楼和碉堡，为后续部队的进攻扫清障碍。

6连2排排长郭元方指挥攻坚突击队、火力组将全部轻机枪及营里配属的重机枪一齐投入使用，对敌人的火力点进行封锁；郅顺义带领突击组首先跃出堑壕，为爆破组开辟道路；董存瑞带领爆破组怀抱炸药包跟着冲出去；支援组和卫生员携带预备供应的炸药包、手榴弹、器材和急救包紧随其后，迅速跟进。

敌人的机枪疯狂扫射，严密封锁着我军前进的道路，还没接近第一个炮楼，爆破手孙永德倒下了，接着张万才又牺牲了。这时，董存瑞一跃而起，在郅顺义的掩护下，顺利炸掉了第一座炮楼。

在各组密切配合下，董存瑞沉着指挥，爆破组又炸掉了两座炮楼、四座碉堡。他又亲手炸掉第五座碉堡。

这时，营指挥所推进到了第二个指挥地点：隆化中学正对面百余米上墕处。营长常胜看到眼前只剩下中学东北角横跨桥北头地面的一座大碉堡，6连正在部署攻打。

6连副指导员冯志远打电话报告："李振德作战很勇敢，连续炸掉几座碉堡，争着要炸剩下的那座炮楼。他提出火线入党申请。"宋兆田立即代表营党委批准，并让冯志远当众宣布。

敌人的子弹雨点般地射来，刚刚被批准火线入党的李振德抱着炸药包，勇敢地向敌炮楼冲去，就在快要闯过敌人火力封锁时，一颗子弹打中了炸药包上的雷管，瞬间炸药包爆炸，李振德英勇牺牲。

董存瑞利用爆烟作掩护，迅速向前跃进，炸掉了这座炮楼。敌人在隆化中学外围防御阵地上最后一个防御工事也被摧毁了。宋兆田和营指挥所的战友们都难以抑制兴奋之情。营长常胜命令：营预备队5连投入战斗，向隆化中学守敌直接发起进攻！

隆化中学墙外是一片宽近二百米的开阔地。5连向前冲击时，突然遇到敌人机枪火力从右侧横扫过来，前面的战士倒下了，其他人被压制在开阔地里，不能前进。他们这才发现，敌人的火力是从中学东北角的横桥扫射过来的。这座桥是敌人伪装的一座桥形暗堡，不炸掉它，就消灭不了隆化中学的敌人！

8

这时，96 团 1 营因苔山之敌侧射火力逐渐减弱，很快便攻进了旧衙门，全歼了固守在那里的敌人。他们随后也向隆化中学攻进；由于 2 营连续炸毁几十个碉堡群，敌人被赶到了隆化中学。94 团、96 团都集中在这里（95 团为预备队）。此时 6 连爆破手正因左桥头堡火力侧射寸步难移，战斗呈胶着状态，退不得，难进攻。

团长梁岐举起望远镜观察 2 营情况，发现他们仍在一小块起伏地停滞不前，只听到机枪声、手榴弹的爆炸声响成一片。他放下望远镜，拿起电话给 2 营营长常胜，以略带生气的口吻说："你们怎么搞的，为什么不前进？"常营长说："我们已经攻到距城不远的一块起伏地，可目前发现，距我方不远的旱河套上有一座能容纳一个排的大桥头堡，火力十分猛烈。前面又是开阔地和干河套，不好接近啊！已经有好几个爆破手牺牲在半道了。我们正在组织火力和突击队、爆破手。"他焦急地喊着，"团长啊，我们的手榴弹打完了，快给我们多送一些。"

梁岐一听更急了，立刻给 3 营营长阎维平打电话，命他火速将 3 营的手榴弹集中起来，马上派人给 2 营送过去。他放下电话，急匆匆地赶到 2 营指挥所。常营长见团长亲自督战，急忙向他汇报夺取桥头堡的战术：用2营的重机枪压制敌人的火力，让6连作为突击连攻上去。

原来敌人利用这座桥做伪装，将其修筑成一个十分隐秘的暗堡，表面看和普通桥没什么两样，除了两边圆形碉堡，而横跨旱河的桥面竟设计成往来两边圆形碉堡的通道，且在桥身两侧都留有密集的射口，平常用相同颜色的石块堵住，外部根本看不出来。当我军向隆化中学进攻时，敌人把射口的石块捅开，桥体内部隐藏着的一个排的兵力就可以利用这座暗堡架设机枪疯狂扫射，企图封锁我军前进的道路，而他们却凭借桥体作掩护，不受半点儿伤害。从里面喷出的一条条"火舌"编织成一道道"火网"，交叉的火力使前方没有任何地方可以躲过射击。

6连刚完成扫清隆化外围工事任务，就在向隆化中学进攻时，发生了意想不到的抵抗。前面干河套是光秃秃的，没有任何可以借助的遮挡物。敌人火力一直不停地射击。时间一分一秒地过去了，而我军的战士越来越多地朝着这个方向涌来。这是敌人最后的堡垒，不炸掉它，就会有更多的战友牺牲。谁都明白扫除前进中的碉堡有多么重要。

电话铃又响了，2营营长的电话打过来。趴在沟口的白连长没有回身，让通信员传话。2营营长在电话里急切地询问："6连上不上得去？不行就换5连？""告诉营长，一定上得去！"白连长本就是个火爆脾气，这时更急红了眼。

"连长，让我去吧！"白连长一看，是董存瑞夹着炸药包，郅顺义背着一袋子手榴弹，手里还攥着两个。白连长瞪了他们一眼，说："我还要班长呢！"

别看班长在部队里是最小的职务，那可是兵头将尾，被称作"军中之母"，都是由最出色的战士担任。职务虽小，却决定着一支部队的战斗力。董存瑞是6班班长，郅顺义是7班班长，6连最好的两个班长都是战斗骨干，都是连里的精英。

想到6连在血与火的考验中，一路杀过来很不容易，白连长没想到在隆化中学跟前却付出惨重代价。他实在舍不得两位班长再去冒险，如果发生意外，6连接下来的仗还怎么打？看着白连长犹豫不决，董存瑞的态度更加坚决："连长！让我去吧！炸不掉它，绝不回来见你！"

"那我就更不让你去！"他俩互戗，各不相让。一旁的郭指导员捅了捅白连长的腰，说："让他们去吧。此时6连再也没有比董存瑞和郅顺义更合适的人了！"

白连长冷静下来，眼睛盯着董存瑞，帮他勒紧腰带，命令着："去吧，动作要快！"随即招呼机枪手机枪掩护。全连三挺机枪都架在了壕沟沿的土埂上，对着桥形暗堡"嗒嗒"地射击着。

壕沟东侧稍远处，营里的重机枪也叫开了。董存瑞冲郅顺义一挥手："老郅，掩护我！"他俩一前一后，从交通壕西侧翻上去，匍匐后撤。正准备给他们腾出沟口的程抟九先是一愣，旋即明白了他们的意图。

9

从交通壕南口至桥形碉堡是一片毫无掩体的开阔地，敌人的火力就集中在那儿，接近的可能性几乎为零。西侧地面有一些敌人修工事还没来得及清除的杂物，从那边试着冲过去或许是一步险棋，却可以出其不意。

董存瑞一个动作，郅顺义马上心领神会，跟着他跃出壕沟，爬到西侧。董存瑞吸取前几位爆破手无法完成任务的教训，在连里重机枪掩护下，又借着郅顺义投弹的烟雾，身背冲锋枪，夹着炸药包，迅速蹿出掩体。

他俩配合默契，在敌人火力下迅速前行。郅顺义投一阵手榴弹，董存瑞就跃进几步，再投一阵，再跃几步。1班班长和几名战士在后面把一捆捆手榴弹及时送到郅顺义手里。

前面就是开阔地，敌人封锁最严密的地段，冲过这片开阔地就是干河套，就是敌人火力的死角。桥形暗堡的火力变得更疯狂了，子弹"嗖嗖"地从耳边飞过。"老郅，你投弹掩护！"董存瑞大喊着。郅顺义抓起身边早就拧开盖子的手榴弹，望了望董存瑞，用力甩了出去，把敌人碉堡的鹿寨、铁丝网全都炸了个稀巴烂。董存瑞趁这机会冲进了开阔地。

敌人的机枪又开始猛烈射击，他伏下不动；敌人换梭子的瞬间，他就飞也似的向前跃进几米。突然，他的身体抽动了几下。"不好！"郅顺义轻声叫了一声。董存瑞的左腿负伤了，可仍在顽强地向前进，终于冲到了桥下。

相距不到五十米的郅顺义清楚地看见董存瑞抱着炸药包环视一圈，想找个合适的地方安放它。真急人，桥体离地面一人多高，两边是光滑的堤坝，顶上是平平的桥底，放在地上炸不着，放在高处没地方搁。董存瑞转着身子四下打量，想找个什么东西做支架，可那里光秃秃的，别说木棍，连根高粱秆都没有啊！

突然，身后响起了冲锋号，总攻时间到了。就在这时，桥形暗堡上的砖头一块块被推开，六个暗藏的枪眼立刻呈现出来，子弹像急雨一样"啪啪啪"地向我冲锋的战士横扫过来。

董存瑞望着被子弹打中的战士一个个地倒在面前。他不再寻找任何东西，抬头看了看桥顶，又扭头向后望了一眼。突然，他身子向左移动了一下，站在了桥底中央，左手托起炸药包，紧紧抵住桥形暗堡，右手猛地一拉导火索。导火索"哧哧哧"地冒着火花和白烟……

战友们被眼前的一幕惊呆了。导火索燃烧仅有短短的七秒钟啊！董存瑞不仅知道爆炸的短暂时间，更清楚这包炸药的巨大威力！郅顺义目光紧紧地盯着董存瑞，猛地纵身一跃朝着桥下的战友冲去。只听董存瑞大喊："卧倒！卧倒！快趴下——"

一声巨响，一股热浪，一团浓烟直冲云天。顿时，郅顺义感觉脑袋"嗡"的一声……

伴着山崩地裂般巨响，桥形暗堡瞬间坍塌了，愤怒的战友踏着英雄的血迹冲进了隆化中学，全歼了固守在那里的残敌，将红旗插到了学校中央。

隆化城一片欢腾，然而，那个"左手托起炸药包，右手拉响导火索"的英雄，却永远定格在"擎天一举"的瞬间，留在了战友们的记忆深处。

第八章　英雄"身后"的故事

1

1948 年 5 月 25 日下午 3 点 30 分，随着一声巨响，阻挡在我军前进道路上的暗堡被摧毁了。此时，正在前沿指挥的 96 团政委肖泽泉用望远镜看得一清二楚。他亲眼看见过太多牺牲场面了，可这种"视死如归、气吞山河"的伟大壮举令他震撼。他不知道牺牲的那个战士是谁，却为英雄的行为潸然落泪。

梁岐团长随 2 营战士冲过来时路过了被炸毁的暗堡，看到离爆炸中心二十多米远的地方，有一段被烧焦的英雄躯干。由于战斗还在进行，并未来得及命人收集英雄董存瑞的遗骸。

2 营教导员宋兆田遇到了程抟九，说起"擎天一举"的战斗英雄是自己营里的"爆破能手"董存瑞时，都感到心被刺痛一样。程抟九说："我们去爆炸现场看看吧！"宋教导员说："走！"

两人来到被炸毁的桥堡旁，除了看到被彻底炸塌的北半截大桥、大堆土石灰、几根裸露的木头，根本看不到烈士的遗体。他们说遗体即便被埋在土石灰下，也不可能完整了。想着董存瑞的壮举，想到他才十九岁，他们流着泪静立默哀，然后离开了那里。

　　副政委李振军随战士们冲到被炸毁的暗堡前，看到那里除了一个巨大的炸坑外，连一块布片也没留下。

　　32师师长李光辉来到被炸毁的桥形暗堡前，面对仍在燃烧的点点烟火和斑斑血迹，心情难以平复，久久不愿离去……

　　下午4点多，冀察热辽军区司令员程子华带着东北野战军第二前方指挥所指战员到隆化城视察战果。当走到隆化中学前面的桥梁废墟时，忽见一个班的战士在那里哭泣。程司令员很奇怪：打了胜仗为什么还哭？他上前一问才知道，战士们是在悼念为了扫清前进障碍，减少战友伤亡，托起黄色炸药包，用身体当支架，炸毁了架在旱河沟的桥形暗堡的班长。他们寻了半天也没找到遗体残骸，只捡到一只像是班长穿的鞋子。他们睹物思人，捧着那只鞋子痛哭！

　　听他们这么一说，程子华又看到眼前被炸毁的废墟。这位久经沙场的老兵备受感动。他安慰战士们要化悲痛为力量，鼓励他们为解放全中国奋勇杀敌。他又转身对秘书齐速说："你连夜到董存瑞所在部队搜集一下有关他的事迹，专门写一篇报道，还要写篇社论，好好颂扬董存瑞的牺牲精神！"

这一夜，失去亲密战友的郅顺义一直默默地流泪。他清楚地听到董存瑞在牺牲前大喊："卧倒！卧倒！快趴下！"那声音不断在他耳边回响，可巨大的爆炸声后，敌人的机枪哑巴了！桥梁被炸断了！固守的暗堡被摧毁了！可自己最信赖的好班长、好战友董存瑞却与敌人同归于尽……

郅顺义反复回忆着那一幕：当他苏醒后再站起来，眼前一片模糊。他噙着泪冲进隆化中学，面对顽固的敌人就是一梭子，为给战友报仇，他什么都不怕了。

2

6连奉命返回原驻地土窑子村抓紧时间清查统计战果、伤亡情况，进行战评总结，调整健全组织。由于战场需要，指导员郭成华口头任命王凯接替董存瑞担任6班班长，成为"董存瑞班"的首任班长。

第二天，团政委批示团政治处，派人到6连收集董存瑞英雄事迹。政治处当天去人找掩护董存瑞炸碉堡的郅顺义和其他见证者，详细调查董存瑞舍身炸碉堡前前后后的情况。

第三天召开团党委会，由政治处介绍董存瑞的情况。会议决定：立即将董存瑞事迹上报师里，再由上级决定表彰。师政治部主任吕琳非常重视这个报告，马上组织师部开会研究上报纵队机关。没过几天，程子华司令员就派秘书齐速到团里来核实董存瑞事迹，由团政治处负责接待。

遵照程司令员指示，当晚，秘书齐速与司令员警卫班的两个战士挎着冲锋枪，骑马直奔董存瑞所在32师政治部宣传处。该处建议他们到96团去了解情况，他们又连夜急奔团政治处。在团政治处，齐速见到了前去调查采访董存瑞事迹的其他同志，向他们了解一些情况。

齐速亲自前往6连采访当时在场的连指战员，出乎他的意料，第11纵队政委陈仁麒已带了几名政工干部在6连连部等他。"董存瑞同志舍身炸碉堡的事，纵队各级干部都知道，程司令员给我打完电话，我们抄近路赶来了。"陈仁麒政委眼圈红红的，见到齐秘书来不及寒暄，便让董存瑞生前老连长、排长和7班班长郅顺义及幸存的几位同班战友讲英雄的壮举，讲日常的表现。他们讲着讲着，竟一个个哽咽失语，沉浸在悲痛之中。

陈政委感慨万端地说："董存瑞成为英雄不是偶然的，我为我的部队有这样的英雄而自豪。他舍身炸碉堡绝不是一时冲动，从他的人生轨迹可以看出，这是党教育和培养的结果。"

齐速被一个个小故事震撼着，认真记录着董存瑞的事迹，收集完材料便返回前线指挥部，向程子华司令员做了极为详细的汇报。

3

5月26日，英雄董存瑞所在班从6连驻地——隆化城东约三公里的土窑子沟返回董存瑞牺牲地。在距英雄牺牲地几十米远的沟沿上，指点着那条旱河、残缺不全的炮楼、机枪的位置……他们逐一反思前一天那场激烈的战斗：他们的班长董存瑞为了打开隆化中学通道，为了减少战友伤亡，为了隆化的解放——舍身炸暗堡。班长壮烈牺牲了，可6连6班还在，班里形成的战地自评制度仍要坚持。这是6连6班战士对他们尊敬的英雄班长董存瑞所表现出的一种最纯粹的情感。

第二天，连里召开战评总结会，程抟九没有参加。他想起苏联卫国战争的英雄马特洛索夫的故事。董存瑞不就是中国版的"马特洛索夫"吗？他满怀激情，奋笔疾书，写下战场目击的第一篇新闻报道：《"马特洛索夫式"的伟大战士董存瑞》。

5月27日上午，他把写好的文章读给郭成华听。郭指导员觉得文章把当时现场的真实情况全都表达出来了，便点头赞同发表。

程抟九告别6连回到师部机关时，恰巧遇到了《冀热辽日报》的一位记者。他拿出稿子请记者过目，希望记者帮忙把新闻稿发在地方报上。谁知记者看完稿子，严肃地说："这个战士大无畏的精神令人敬佩，可要从领导角度看就有问题：战斗中，指挥员要掌握好'四快一慢'。'一慢'之中就有做好准备工作的问题。这个战士本来可以不牺牲，但他没带三脚支架，正说明准备工作还不细。"这番话像给程抟九泼了一盆冷水。他拿着稿子就去找科长铁铮，向他汇报去6连的情况。铁铮听了他的汇报，对记者的言论很反感，生气地说："应该告他去！"稍停了儿，又说，"他不给登，就在咱的小报上登！"

铁铮说的小报是指32师政治部出的8开油印小报——《战士报》。这张小报从稿件处理、编排，到校对、刻蜡版、油印、分发都是程抟九一个人的事。他要登自己的稿件极为方便，何况科长是同意了的。但他又一想，科长讲的是气话，记者是上级地方党报专业人士，见多识广，对人家的意见还是要认真考虑。就这样程抟九以目击者身份写的第一篇关于"董存瑞舍身炸碉堡"的详细情况报道，就在他自己的手中夭折了！

4

第11纵队推荐英雄模范时，在究竟应该选谁的问题上出现了分歧：31师的意见是突出表扬"身先士卒、以身殉职"的副师长李荣顺。他在莒山一座被攻下的炮楼里正用电话给师长汇报战况时，被对面敌人的冷枪击中头部牺牲；32师的意见是突出表扬"舍身炸碉堡，自我牺牲"的2营6连6班班长董存瑞。

有人认为，董存瑞没带炸药包支架有些莽撞。有人解释不是不带，是紧随其后的战士负伤，无法将支架送达；也有的说 6 连的支架有一半都支援了作为第一梯队最先进攻的 4 连。4 连损失惨重，被迫撤出战斗，等 6 连接到命令投入战斗时，炸药包的支架已所剩无几。白连长及时组织爆破手炸掉暗堡，但由于敌人火力猛烈，三个组爆破手都在阵地前牺牲了，而此时怎么可能还有支架呢？

这里不得不详细介绍 6 连战前的特殊情况：6 连连长李登在二沟战斗负重伤，团首长将司令部管理员白富贵派去任副连长，由其兼代理连长。同时为补充管理人员，根据战时参战部队师部文职干部都要下一线连队帮助进行战斗动员和各项准备工作，于是就有了 32 师宣传干事程抟九被派到干部力量不足的 6 连，作为第二梯队原地待命。

最了解 6 连情况的指导员郭成华，与新上任的代理连长白富贵以及下到基层的文职干部程抟九很快熟悉起来，且密切配合，开展了那场争夺"爆破元帅"的动员会，充分调动起战士们积极参战的热情与干劲儿。作为老兵的董存瑞，还给白副连长提建议：只要老百姓同意，就可以多砍些树，做炸药包的支架。

白副连长还根据可能受领任务地段的地形和敌情，从前沿到纵深摆了一个沙盘，组织大家开"诸葛亮会"：研究怎样迎敌，怎样突破，怎样减少伤亡。战士们七嘴八舌，争论得十分热烈，最后由连干部加以归纳。这种发扬军事民主的做法，很受战士们欢迎。

指导员郭成华是个老练的政工干部，政治鼓动工作做得很细，全连干部、战士求战情绪极高。程抟九除了帮助连队干部做政治鼓动工作外，还积极组织落实各项准备工作。他画了许多漫画，写了不少富有鼓动性的标语、快板贴到炸药包或沙盘上。那场"誓师夺帅"的战前动员，就是战士们都很喜欢的一种形式。

5月24日，即战斗发起前一天，6连举行庄严隆重的誓师大会。指导员郭成华、代理连长白福贵和程抟九都讲了话，通过竞争和群众评议"挂帅点将"，然后组成以爆破组为核心的"四组一队"。6班班长董存瑞以军事技术和战斗作风好，无可争议地当上了"爆破元帅"。

他登上主席台点7班班长郅顺义当"突击大将"，又点了另外两位班长当"火力大将"和"支援大将"，并建议战斗经验丰富的2排排长郭元方（曾带董存瑞回南山堡，也是董存瑞入党介绍人之一）担任突击队队长。全连上下信心十足，个个摩拳擦掌，只等上级一声令下，消灭敌人。

当6连作为第二梯队参加战斗时，却突遇意外情况。白连长发现封锁前进的一座桥形暗堡，派出的三名爆破手都在中途牺牲。这就不难理解白连长为什么在董存瑞和郅顺义请战时会略有迟疑。

在董存瑞和郅顺义冲出战壕时，白连长亲自带着机枪火力掩护。当董存瑞举起炸药包，拉响导火索时，白连长撕心裂肺地喊："董存瑞——"

白连长身先士卒，带领战士们向隆化中学冲锋，不幸被飞来的子弹击中头部而英勇牺牲。否则许多战斗的具体情况便一目了然。我们可以合理推测：即便有支架，在敌人疯狂扫射下，且已牺牲了三位爆破手，董存瑞是考虑自身安全，还是考虑如何炸掉敌人暗堡，确保战斗胜利？

或许在董存瑞请求炸毁敌人碉堡时，就已经没有支架可用。董存瑞比郅顺义战斗经验丰富，且党龄也比郅顺义长，他对自己和战友都很了解。他个子小，目标不大，作为"爆破元帅"，从哪方面讲，董存瑞都会认为自己应该去执行这个爆破任务。

董存瑞选择郅顺义做掩护，既是对战友的信任，也是因为他比较了解郅顺义的军事技术。何况他曾说："如果牺牲了，肉体也要填到进攻隆化中学的壕沟里。"

5

现在我们无从完整地还原当时的情况，但董存瑞机智勇敢，用自己的生命换取隆化战斗的胜利，足以证明他当时决断的伟大，而1948年6月8日，东北野战军第11纵队党委发布决定，也证明了领导者的意见一致。《决定》是这样写的：

我敢五队三大队六连六班班长董存瑞同志在攻歼隆化守敌，解决市区强固据点——龙华（隆化）中学之战斗中表现了英勇无比的自我牺牲精神，董存瑞同志为了扫除冲锋道路上的障碍，竟毅然决然不惜自己的生命，用手撑持重量炸药，炸毁敌人暗桥的顽抗，勇士与敌同尽、与桥同毁，换得了部队的顺利通过，达到迅速突破敌人的最后顽抗，全部干净地歼灭了该敌，取得了完满的胜利。

这是解放军档案馆馆藏《纵委为悼念战斗英雄模范党员董存瑞同志的决定》中的第一段话。这份决定是中国人民解放军第11纵队在取得隆化战斗重大胜利后下发的，与另一份决定即《纵委关于追悼李荣顺、周南、董存瑞诸烈士的决定》同时起草，表现出第11纵对董存瑞牺牲给予的极大重视与惋惜。第11纵党委评价董存瑞这种坚决英勇、视死如归的英雄壮举是革命军人的光荣模范，是中国共产党党员优良品德的最高表现，号召全纵同志学习勇士的英雄事迹，发扬勇士英勇顽强、不怕牺牲的战斗作风，并做出四项决定：

一、追赠勇士董存瑞同志为纵队战斗英雄，为我党模范党员。

二、将敢五部队三大队六连第六班命名为董存瑞班，继承勇士的光荣模范事迹，并永久纪念董存瑞同志。

三、建议勇士遗族所在地的最高政府给予勇士遗族以优厚抚恤，并照顾勇士遗族的生活。

四、将勇士生平事迹编印成册，公布于众，让全纵同志学习，各连队机关接到决定的第一次点名或集会时，全体向勇士静默三分钟，并宣读决定，以资悼念。

《决定》结尾写道：

存瑞同志，你的牺牲是光荣无上的。你这种大无畏的自我牺牲精神，实为我全纵同志的光荣模范。存瑞同志你虽死，但你的精神将永远活在人民的心田。我们谨于悲痛之余来哀悼勇士，我们要以更顽强坚决勇敢的作战歼灭更大量的敌人……安息吧，存瑞同志。你的美名将万古流芳，你的伟绩将永垂青史。

另一份史料《纵队关于追悼李荣顺、周南、董存瑞诸烈士的决定》写道：

夏季攻势以来，我纵队执行为消灭蒋匪十三军，解放全热河的任务，连续进行了二沟、象鼻子山、隆化诸战斗；由于隆化战斗的胜利，对于扭转热河战局，继而解放全热河有重大意义。这次战斗中，我们的亲爱战友——李荣顺（纵四部队副师长），周南（纵五部队一大队政委），董存瑞（纵五部队三大队六分队六班班长）诸烈士，他们为了坚决完成党与上级给予的任务，带领部队英勇战斗杀敌，或奋不顾身、首当其冲，或挺身炸碉堡不幸壮烈牺牲。烈士们的英雄壮举和光荣榜样，换取了这次战斗的胜利，给了蒋匪十三军以沉重打击，奠定了解放全热河的有利条件，对于人民解放事业有莫大贡献，纵委致以崇高的敬仰和沉重的哀悼。

现决定进行下列各项追悼办法：

（一）与热河党政筹款，在隆化建立烈士纪念塔，以挚纪念两次隆化战斗的先烈；

（二）各部队应在战斗空隙举行追悼大会，以表彰烈士的光荣事迹；

（三）责成纵政编印纪念册，其中须包含烈士名称，烈士的光荣战绩及悼文等；

（四）由纵队政治机关，收集烈士遗物（相片、日记、著作物品等）缴纵队，以便转哈尔滨烈士纪念馆陈列，或转送其家属；

（五）由纵队政治机关，分别与烈士家属悼吊，通知烈士所在乡，政府给予抚恤。

六月八日

6

7月10日，冀热察行署决定：

> 为纪念收复隆化战斗中英勇顽强、自我牺牲的
> 人民英雄董存瑞同志，特决定将"隆化中学"改称
> "存瑞中学"，以志永垂。

第二天，冀察热辽军区司令员程子华亲自写了一篇《董存瑞永垂不朽》的文章发表在《群众日报》上，同时发表的还有秘书齐速的新闻采访《共产党员奋不顾身　董存瑞自我牺牲　使隆化战斗胜利完成》。在报纸同一版面，还登载着《董存瑞班实地战评》以及关于"隆化中学改称'存瑞中学'"的冀热察行署决定。

程子华在文章中是这样评价董存瑞的：

> 人民英雄董存瑞同志，你是具有自我牺牲的榜样，我区全军将永远记着你的英勇，有了你那种坚决顽强的攻击精神，敌人的任何抵抗都是枉然……我们第一次战斗的胜利（第11纵是刚刚成立的部队，隆化之战是其建立以来打的第一场大战），是依靠前后方千万个战士与人民的功劳，在这当中，

个别的指战员、战斗英雄能够起到特别重要的关键作用，像董存瑞同志这样的作用，对人民的功劳和贡献是永垂不朽的。

1948 年 8 月，《东北日报》在头版也刊登了冀察热辽军区司令员、前线总指挥程子华的文章《董存瑞同志永垂不朽》和齐速写的报道稿《共产党员董存瑞　英勇爆炸扫除障碍　自我牺牲换取胜利》。

据程子华的女儿程海燕回忆：

> 1948 年，父亲亲自指挥贺晋年的第 11 纵队开展了著名的"隆化战役"。我们这代人大概都知道董存瑞的故事。电影里"董存瑞高举炸药包炸碉堡"的情景一直深深地印在我们脑海。1978 年，父亲调任民政部部长后，到地方调查，回来后将董存瑞的妹妹董存梅调到民政部。那时我才知道，原来英雄董存瑞是父亲树立的。父亲说，他希望为英雄的家里做点事。父亲发现了董存瑞的英雄事迹，并且亲自写了《董存瑞同志永垂不朽》一文，表彰他的英雄事迹。董存瑞被树立为全军学习的榜样。

1948 年 9 月，《人民日报》刊登了董存瑞牺牲的消息。截至 2019 年，目睹董存瑞舍身炸碉堡的战友陆续离去，仍健在的是已经九十一岁的程抟九。他虽然年事已高，但思维还很清晰。他一直认为，写隆化战斗中的6连，特别是写董存瑞时，不能不写白福贵。白福贵从来到6连任副连长、代理连长，到董存瑞牺牲，带领全连向隆化中学进攻，中途不幸中弹牺牲，任职还不到半个月时间。

程抟九与白富贵过去并不相识，在相处的十多天里，对他产生良好的印象。白富贵作为纵队司令部保管员，在紧急情况下被调任到6连当军事指挥员，且能立即带领部队执行战斗任务，这在战争中也是极为少见，说明他军事素质极高。他来到6连便很快掌握了全连情况，对战前的准备工作抓得很细很准，赢得了全连官兵的信任。战斗中，他沉着冷静，指挥恰当，对保证全连以较小的代价取得战斗胜利起到了重要作用。

作为从师政治处下派到2营的宣传干事，程抟九能接受营教导员宋兆田的建议，再下到正缺少人手的6连，与代理连长白富贵和指导员郭成华一起负责指导6连的战前工作和作战配合。他认为作为第二梯队，6连的任务不比作为主攻的4连轻松。全连在纵深战斗中，打掉了敌人十来个地堡、碉堡，最后又攻打敌人核心工事，但在担任主攻任务的4连伤亡四十多人，被迫撤出战场。由6连顶替上去，执行主攻隆化中学要塞时，伤亡十几个人，这体现的就是一个指挥问题。

现在许多关于董存瑞舍身炸碉堡的故事里，包括大多数有关"隆化战斗"的材料对白福贵的具体活动写得都很少，作用也写得不够，有的甚至做了不正确的记述。比如有的材料把董存瑞去炸桥形碉堡写成是受指导员郭成华指挥；还有的材料笼统地讲白福贵在战斗一开始牺牲了，因而上级临时指定程抟九代理连长一职。

程抟九还特别强调有三件事不能遗漏：第一，白福贵决定全连在进攻中一线配置，左右各展开一个排，肃清前进道路上的敌人。连的干部另率一个排在左右两翼掩护下，沿交通壕前进，以便提前组织对敌核心工事的进攻。这既加快了进攻速度，又可减少伤亡。第二，白福贵在发现敌人的桥形暗堡以侧射火力封锁了隆化中学北面的大干河沟之后，是他主动决定先炸掉这个碉堡的，并非像有些材料所说是团、营指挥所下达的命令。实际上，从学校东北角碉堡到桥形碉堡之间，这一带沟壑纵横，在远处的团、营指挥所一开始未必发现桥形碉堡对 6 连的威胁。第三，作为分队指挥员的白福贵，在战斗中一直身先士卒。在炸毁桥形碉堡和隆化中学东北角碉堡之后，白富贵是第一个冲上学校围墙墙基的。谁也没料到他竟在战斗即将取得最后胜利的时刻倒在了战场……

7

董存瑞英勇牺牲了。96 团要向纵队上报先进事迹材料，想清点一下烈士遗物，这才发现董存瑞什么也没留下，哪怕一张遗像也没有。

两个月后，部队派人到董存瑞家乡——怀来县南山堡，将他牺牲的消息通知村干部，因担心年迈的父母无法承受丧子的打击，没有直接告诉家人，而是告诉了当村长的董全成，并让他帮助到家里找一找董存瑞的照片，但最后没找到。

又过了两个月，董全忠才获悉，自己一直心心念念的儿子已为隆化解放献出宝贵生命。年已半百的他顿时老泪纵横。

自从董存瑞参军走后，父亲曾两次到驻地看望，但每次都扑了空，而董存瑞唯一回去的那次，父亲和妹妹都不在家。小弟董存金的记忆里，只朦朦胧胧记得哥哥抱他到院里摘枣，至于哥哥长什么样儿，他也没留下一丝记忆。据说找到董存瑞唯一一张存世照片，正是他十五岁时娶的"童养媳"卢长玲珍藏在小包袱里的那张他十三岁时日本人强迫办理"良民证"上的照片。

1950 年 9 月，全国战斗英雄和劳动模范代表大会在北京举行，而董存瑞生前所在部队就有三个代表参加，其中一位就是他最亲密的战友郅顺义。

那天，郅顺义从江西南昌出发，到北京参加国庆观礼。当火车徐徐启动，他倚着车窗向外望去，飞逝而过的田野、树木、村庄都能激起他的感慨，想起梦中和老班长董存瑞一起被选为代表，到北京参加新中国成立后的首次英模代表大会，郅顺义情不自禁地念叨着："董存瑞啊，我的好战友。你走得太突然了，要是咱俩坐在一起进北京去见毛主席，那该多好哇！"

1950 年 9 月 25 日上午 8 点，代表们乘大客车到达会场。三百五十名战斗英雄、四百六十名劳动模范，都在等待着庄严而幸福的时刻。9 点左右，毛泽东、朱德、周恩来、刘少奇等党和国家领导人走上主席台，会场顿时响起雷鸣般的掌声。郄顺义使劲儿鼓掌，手都拍红了，眼里噙满泪水，低语着："毛主席、朱总司令，今天我是代表 6 连全体战友，更是代表我的老班长董存瑞来的！"

这次英模大会上，董存瑞被追认为"全国战斗英雄"。郄顺义被授予"特等战斗英雄"，与董存瑞同一个营的杨世南被授予"独胆英雄"，"新时代的花木兰"郭俊卿也出席了此次会议。一个师出了四个"全国战斗英雄"，这在全军史上也是少有的，是全师官兵的光荣。

8

那天，四十万首都军民齐聚广场，等待着庄严而神圣的阅兵式，英模们依次登上观礼台。郄顺义左手轻轻抚摸着胸前的奖章，低声说："董存瑞班长，今天，我代表你和战友们第一次参加国庆观礼。"这时，身边有人问郄顺义，想什么呢那么出神？他说想起老班长董存瑞，如果他活着就能和我们一起参加今天的国庆观礼了。那些牺牲在战场上的战友，是他们用鲜血染红了五星红旗。他们为国捐躯时还那么年轻，而我们却享受着无比的荣耀和幸福……

郅顺义毕生都以学习、宣传董存瑞英雄事迹为己任。每次讲到隆化战斗时，他都突出讲董存瑞的事迹和贡献，只讲董存瑞点他为"突击大将"，不讲为啥要点他；只讲掩护董存瑞炸碉堡，不讲自己当时所起的重要作用。后来从 6 连指导员郭成华的叙述中，人们才明白：董存瑞之所以点郅顺义为"将"，是因为他作战勇敢、战斗作风好、整体观念强、战术意识强，打仗肯动脑子，机动而又灵活。

几十年来，郅顺义在军内外做过数以千次的报告，从不讲自己的战功，闭口不谈自己的事迹，曾多次陪他做报告的干部对此也不知晓。郅顺义总是利用闲暇时间讲董存瑞生前怎样帮助他，他说："这是老班长传给我的革命传统，就是告诫我：一个共产党员，要吃苦在前、享受在后；对待同志，要关心、爱护，亲如兄弟。"

郅顺义说党和国家给了他很高的荣誉。他曾七次受邀进京，四次被毛主席接见，但他总是能正确定位，从不把功绩和荣誉归于自己。

9

据经典电影《董存瑞》编剧之一的赵寰讲，董存瑞的英雄事迹刚开始宣传时，他正在部队文工团做编剧。董存瑞的事迹在部队反响很大，给他留下了深刻印象，而他对董存瑞的深入了解是在接触到郅顺义以后。

1950年，军委要评选一批战斗英雄，军委政治部将采访郅顺义的任务交给了他和新闻干事。在采访过程中，郅顺义声声不离董存瑞，反复叮嘱多宣传董存瑞。

郅顺义从北京回来，上级又安排赵寰给他写讲演稿，陪他到各单位做巡回报告。作为全国战斗英雄，郅顺义报告中讲得最多的是董存瑞的英雄事迹。郅顺义报告会实际变成"董存瑞英雄事迹报告会"。赵寰敬佩郅顺义的高尚品德，对董存瑞的事迹也就更加了解。

一天，郅顺义在报告中又一次举起左手，模仿"董存瑞炸碉堡"的情景。赵寰突发灵感——应该为董存瑞搞一个艺术创作。

1950年12月，赵寰与时任46军文工团编剧董晓华合作，在两个多月的时间里，创作完成了歌剧《舍身炸碉堡》的编剧工作，并由军文工团排练上演。

1951年5月，歌剧舍身炸碉堡开始下部队演出，董存瑞生前6连的指导员郭成华和战友郅顺义等干部、战士都观看了这部歌剧。演出过程中，郅顺义还带头高呼"向董存瑞学习"的口号。

1951年6月，歌剧在北京汇报演出时，受到各界好评，并于8月被推荐参加在匈牙利举行的"世界青年联欢节"演出。歌剧《舍身炸碉堡》演出大获成功，电影局要求赵寰将其改成电影剧本。于是，他与时任中南军区部队艺术剧院创作室主任丁洪一起，到董存瑞生前所在部队深入生活、采访；董晓华到董存瑞家乡采访董存瑞的父亲、母亲、妹妹和弟弟。

1952 年秋，他们到辽宁阜新，在十多天的时间里，多次听郅顺义和郭成华讲述董存瑞成长的故事。因为当时 6 连正在朝鲜参战，他们便请示领导到朝鲜去深入采访，可到了安东（今丹东市），正赶上部队换防的"董存瑞班"回到国内。于是他们就与班里七八个当年见证过董存瑞英雄壮举的战友进行座谈，随后又到营、团机关调查采访当事人，掌握了大量创作素材。

赵寰后来一个人又用了二十多天时间，到长城附近的延庆、怀柔、十三陵一带，沿着董存瑞战斗过的地方走了十几处旧战场进行实地采风。在一个山沟里，他还碰到了董存瑞入伍时的老班长，在他家住了两天。在掌握了丰富的素材之后，赵寰他们几个人开始构思电影故事。

"选爆破队长"那场重点戏，本来是按董存瑞真实的"挂帅点将"写的。电影拍出来后，审查的首长说："我军还未实行军衔制，战争年代怎么能把战士叫'元帅''大将'？"后来他只好改成了爆破队、突击队等，弱化了这个很有特点的情节，令人遗憾。

在 1952—1954 年，创作电影《董存瑞》文学剧本的过程中，三位作者还创作了《董存瑞的故事》，由中国青年出版社出版发行。此时，电影尚未开机，导演看过小说后，认为故事很好。剧本完成后，董晓华将剧本交给了电影局领导陈荒煤，由他将剧本转到长影厂。

在北京，他们与导演见了面，导演对剧本提出一些修改意见。修改剧本时，董晓华已进入北京文学研究所学习，与导演接触较多，才知道导演并不了解赵寰等人对董存瑞事迹所进行的采访情况。

1956年，赵寰在广州市永汉电影院买票看了电影《董存瑞》。电影拍摄得确实不错，导演很有功力，张良的表演也非常到位，看完之后，他激动了很长时间。

这部电影后来获国家优秀影片奖，该影片编剧也获得优秀剧本文学奖。赵寰说："电影《董存瑞》是源于生活而又回归生活的。英雄'舍身炸碉堡'的壮举，是任何一个编剧、导演也创作不出来的。因为世界上，只有一个董存瑞！"

第九章　魂归故里仍少年

1

2019 年 5 月 25 日，是董存瑞牺牲七十一周年纪念日，我未亲临南山堡参加纪念活动，但一直关注相关报道。

一天，文友发布的美篇吸引了我，翻看活动现场照片时，发现有一张黑色墓碑的照片上写着董存瑞的名字，难道真的是英雄魂归故里？

为求证猜测，我通过与怀来县民政局原副局长王雪联系，约定采访其夫董继先——董存瑞唯一胞弟董存金之子，烈士的嫡亲侄儿，也是给伯父立碑者。

8 月 7 日上午 8 时，我遵守约定，来到了董继先家，一见面就觉得面熟，像是见过。

我拿出打印的董存瑞少年照说："嗯，您和伯父小时一样，都是圆脸庞！"他笑了，说："有相同的血缘和基因嘛！"我开门见山地向他求证："董存瑞烈士之灵真的移回老家？"

他点头称是。我又问是什么时间，他说："去年清明节前。"

他请我在沙发上就座，王雪送来一杯茶水。我把河北省作协采访函递给他。

他看了看又还给我，坐在沙发的另一端，说："我没跟父亲一起去隆化，而是在南山堡旧居等着接灵。伯父的骨灰盒是我这个唯一嫡亲侄子准备的。"

我问为什么过了这么多年才想着将伯父之灵带回老家，他说其中是有原因的："其一，祖父母在世时不能移灵回乡。1977年，祖母孙贞病逝，享年八十岁；1991年4月8日，祖父董全忠与世长辞，活到九十一岁，临终前叮嘱父亲，一定要把大伯之灵带回到他们身边。其二，祖坟地正在别人承包的责任田附近，如果迁回来，势必给别人带来一些损害。比如祭祀时，或因人多发生踩踏庄稼等不良后果，所以一直未能如愿。"

他翻看了我打印的几张照片，接着说："近年国家允许土地流转，村委会从原承租人手中将地买回来，再重新转租，而原承包人正是伯父的发小董连柱。年近九旬的他已无法劳作，将土地分给了几个儿子，自己住进养老院。其次子得到这块田地，但因在城里居住，也没时间打理，没人耕种。与其土地荒芜，不如物尽其用。就这样，事情有了转机。村委会将土地转租给祖父本族人名下，至此才完成了老人的遗愿，将伯父的英灵请回来。"

2

在董继先夫妇陪同下，我又到他父亲董存金家采访。年近八旬的老人，看上去身体硬朗，慈眉善目，说话轻声慢语，让人没有一丝拘束感。

作为英雄的同胞，弟弟董存金身材显得高大魁梧，一看脸型就会想到那张英雄的戎装照。

董存金告诉我，他和哥哥一个属相，都属蛇，却差一轮。我计算了一下，问："叔叔，您是1941年生人？"他说："对！哥哥参军时，我才三四岁，对哥哥没有一点儿印象，但我的一生却都和哥哥密不可分！"

1948年5月25日，董存瑞为清除前进中的障碍，为减少战友伤亡，为战斗胜利，为隆化解放，"舍身炸碉堡"，献出宝贵生命。从此他和那片土地再也没有分开，可他也无法回乡，无法回到父母身旁。

董存金说四姐董存梅比他大五岁，在隆化读完高中后，回来县里，在银行工作，后调到民政局，再后来去了北京，一直在民政部工作。

董存金1958年到隆化读高中，1961年高中毕业。当时清华大学破格录取他读大学，但为了照顾父亲母亲，他放弃了难得的升学机会，回到家乡，做了个地道的农民。此时邻村的姑娘爱上他，与他结婚，尽心尽力陪伴父母，让失去长子的双亲，颐养天年。

坐在旁边的张廷芝随声应和："我们不照顾谁照顾？上面三个姐姐在哥哥参军时就出嫁了。父母一直跟我们住在一起，洗洗涮涮、端茶送水，所有的事情都是我来做。"

董存金还告诉我，他什么脏活累活都干过，摆地摊、卖菜、卖西瓜，后来政府安排他到县面粉厂工作。他和父母从南山堡村搬到沙城，这才住进城里。在基层兢兢业业、一丝不苟地工作，领导看他为人实在，做事认真，让他担任了工会主席，直至退休。

董存金有四个孩子，分别是长子董继先、长女董继英、次女董继红、三女董继华。他希望儿女们能继承先烈遗志，弘扬英雄精神，勿忘红色基因，兴我中华传统。他的四个子女都很出色，没有辜负先辈希望：董继先曾任怀来县民政局局长，现为葡萄酒局局长；董继英在隆化存瑞中学担任高中英语教师；董继红参军后考入军医大学，毕业后先在沈阳军区，后调入北京武警总医院工作，现已退休；董继华原为怀来县法院副院长，现任涿鹿县法院院长。

如今的董存金夫妇已是"四世同堂"，儿子董继先也有了孙子。眼看着自己年近八旬，老父亲的"遗愿"还未实现，总像有块石头压在心里。现在好了，终于把哥哥漂泊了七十年的英灵带回家乡，带到父母身边，作为英雄唯一的弟弟，他也算了却了一桩心事。

3

交谈中，我们自然聊到"移魂归乡"的过程。回想多年的夙愿得以完成，董存金不无感慨地说："每次看到电视里播放抗美援朝牺牲在朝鲜的志愿军战士遗骨运回国内，安葬在烈士陵园，我都备受鼓舞。哥哥牺牲在隆化，又在同一个省，相距这么近，为什么不能把哥哥的魂魄带回家？"

我点头理解并赞同他的说法。毕竟作为英雄的弟弟，董存金一直以普通人、平常心，过着平民的生活。他心里有着普通百姓一样的信仰：让哥哥魂归故乡，叶落归根。这是父母生前的愿望，也是他求得内心安宁的企盼。

"土地流转，花钱把地租过来。清明前把祖坟修缮一新，都刻了碑，只等定好日子，安顿哥哥英灵。"回想一年前的经历，老人表情瞬间改变，声音也更低沉，"去年 4 月 2 日，大女婿，也就是继英的丈夫连夜开车，从沙城到达隆化。3 号早上，到达烈士陵园，在哥哥的雕像前拜祭一番，用布擦了擦他的名字。从 1929 年 10 月到 1948 年 5 月，哥哥活了不满十九年，却做了这么一件惊天动地的事。他死得有意义，有价值。"

"1951 年，父亲参加国庆大典，和毛主席、朱德等老一辈革命家合影，还去朝鲜慰问志愿军战士。那些光荣的事不都是因为哥哥的牺牲？我和四姐存梅也得益于哥哥的贡献而改变命运。当我再次面对雕像，嘴里不停地叨念：'哥，我是你的小弟存金。我遵照爹娘遗愿，来接你的英灵回家。你在隆化已经七十年了，肯定很想家，想爹娘和家人吧。今天弟弟我就是接你回家的！哥呀，跟弟弟回去吧——'"老人哽咽着，我的视线也模糊了。

他长吁了一口气，故作坚强地欠了欠身，继续给我讲那天的经历。

他走到高高的纪念碑前，仰望朱德元帅的亲笔题词——"舍身为国　永垂不朽"，从没像那一刻感觉到心情沉重："哥哥，你在吗？能不能听到小弟的呼唤啊？"他噙着泪一步一步地移动，从纪念碑后面的甬道，缓缓向前行进。那里有陵园唯一一座坟茔，圆丘似的墓前竖立的石碑分明写着：董存瑞烈士之墓。他来这里看望哥哥，祭奠哥哥英灵不知多少回了，可他更知道，里面没有哥哥的骨灰，哪怕一片遗物！

在那场著名的隆化战斗中，董存瑞擎天一举的瞬间，已经化作满天星辰，化作空中的七彩长虹。作为烈士唯一的弟弟，又分明感受到了哥哥的存在。他将一束洁白的菊花轻轻放在墓前，虔诚地鞠躬、祭拜，轻声呼唤："哥哥啊，我是你的小弟存金，我来接你回家啦！你在隆化已经七十年了，该回家看看咱爹咱娘了——"

张廷芝陪坐一旁，叹着气说："我们一直跟父母住在一块儿，四个儿女也都是在那座老房子里出生，都在小院里成长。"

4

董存金仍沉浸在回忆中："从陵园出来，我们到哥哥牺牲的旱河边。那里的地面都用水泥硬化了，只有周围绿化的树坑里有点儿土。我知道那土早已不是哥哥牺牲时洒尽鲜血的土，可总归是他将生命留下的地方。他的灵魂早已化作尘土和沙粒。沙土融进哥哥的血肉之躯，权当这片土地就是哥哥的骨灰。我抓了一把泥土装进布袋里，对着天空轻声喊：'哥哥回家啦——哥哥，跟小弟回故乡吧——'我把装黄土的布袋小心翼翼地放进骨灰盒里，封住盖子，盖上红布，走近写着'董存瑞烈士牺牲地址'的巨石前，轻轻抚摸着，用脸贴在石头上，就像贴着哥哥冰冷的躯体。离开时，我又转身凝视那座仿造的桥形暗堡，仿佛看到哥哥就挺立在桥下，禁不住泪如泉涌，再次轻声呼唤：'哥啊！弟弟为你自豪！家人都为你骄傲！现在！马上！我就带你回去啦！'"

4月3日，当董存金捧着装有哥哥鲜血浸染，哥哥肉体融入的泥土当作"骨灰"的盒子返乡途中，天幕低垂，飞雪弥漫，谁也说不清这种气象是不是真的被烈士的英灵感动着？

洒尽鲜血七十载，化作泥土归故乡。谁能想到曾经的"孩子王"，终以别样的方式回来了，回到生他养他的地方，回到贫穷却洋溢着爱与温馨的家。

抓把黄土作骨灰，魂归故里仍少年。银装素裹小北川，感天动地颂英雄。听着董存金的讲述，我仿佛感到有一种无法解释的神奇现象存在。在董存瑞牺牲七十周年纪念活动现场，我拍摄的那段小视频不正与这一过程有某种天然巧合？英灵归故乡的那次纪念活动，那只出现在我视频里的和平鸽，不偏不倚，正好落在董存瑞雕像左手托举的炸药包上，静静地停留了六秒钟，然后展翅高飞了。

　　当我再用镜头去捕捉鸽子时，眼前除了蔚蓝的天空，葱郁的松柏，黄白相间的鲜花，就是耳畔萦绕的"我们是共产主义接班人，继承革命先辈的光荣传统，爱祖国，爱人民，鲜艳的红领巾飘扬在前胸"的歌声，而那只象征和平、幸福和安宁的鸽子早已化作空中的白云，松柏的针叶，鲜花的花瓣儿，融入大自然之中，融入英雄家乡的一草一木。

　　我终于明白这一切看似一种偶然，却分明是冥冥之中的必然：魂归故里的英灵何曾不向往祖国繁荣昌盛，人民健康快乐，子孙幸福安宁？

　　我把视频截屏打印出的照片赠给董存金夫妇做纪念，起身时发现立柜顶摆着四个镜框，分别是董存瑞和父亲的照片。董存金取下两幅父亲的单人照和哥哥仅存于世的两幅照片。

　　他将四幅镜框排列摆放，坐在了床边，目光凝视着哥哥童年的照片，不知又想起什么，而我却发现戎装照的照片，哥哥与弟弟的脸型那样像，他们又都继承了父亲的基因……

5

又过了几天，董继先发来几张拍摄于 2018 年 4 月 4 日的照片。皑皑白雪覆盖着南山堡的田野、村庄、院落、屋顶，董继先怀抱伯父的骨灰盒，从老宅走出来，从郊顺义题写的"董存瑞故居"门匾下走出来。

董继先告诉我，骨灰盒在老宅放了一夜，就为让伯父的英灵感受到家的变化。他跟在父亲的身后走过院子的每个角落，仿佛伯父参军前悄悄走过院子一样。

董存金唯一的儿子双手紧紧抱着象征董存瑞英灵的"骨灰盒"，跟着他环绕老院一步步走着。他让哥哥仔细看看日思夜想的家！七十年了，他终于可以放开声音告诉哥哥："这是咱家的老院子。你走后，爹娘和我一直住在这里，就是盼你能再回来啊。可是后来那座房屋破旧，有的地方已经塌了，党和政府为咱重新翻盖了新房。"

董存金在儿子前面，边走边念叨着，仿佛跟在后面的就是哥哥本人："哥呀，自从你匆匆回来一次，转眼已经七十年啦。你再也没回过家，没见到生你养你的爹娘。你看看吧，老房子摆着爹娘的合影，瞧见了吧？那是咱爹娘老了以后的样子啊。哥，你知道吗？咱爹一直喜欢看你小时候的那张照片，你陪爹娘在老宅住了一宿安心了吧？看到你的半身金粉像了吗？我记不得你的长相，不知雕像是不是你真实的模

165

样？哥啊，那天你连块儿西瓜也没来得及吃就跟郭排长追部队去了。你不知道咱娘难过了多久啊？哥，你更不知道，咱爹咱娘在人前笑脸迎来送往，背地里常常以泪洗面！"

董存金说着说着，突然眼前一亮，指着南边的菜地说："哥，你还记得那儿吗？你抱我摘枣的那棵树，对！就长在这儿！你看那边，就是你曾住过的小南房。房拆了，平出的这块地呀，爹娘种点儿菜。他们的心里呀，一直都盼着你能回来……"

董继先抱着伯父的骨灰盒跟在父亲身后。父亲到哪儿，他就将伯父的骨灰盒抱到哪儿。他太了解父亲了，这么多年，父亲终于如愿以偿。作为晚辈，自己的心也得到了安宁。谁也不知道每到伯父牺牲的纪念日，不善言辞的父亲都要面对不同媒体的采访。其实父亲最想说的心里话就是讲给天堂里的伯父听的！

今天在自家老宅旧院，父亲总算可以敞开心扉，与伯父尽情隔空叙叙手足之情。作为儿子，他怎能不高兴呢？70年了，父亲总是孤零零地面对哥哥的照片，或者雕像。没人能知道作为英雄的弟弟，那时心里究竟想的是什么。可作为儿子，董继先体会到父亲内心的情感，其实他一直想像现在这样：如同兄弟俩手拉手、肩并肩地走在老院里，在值得回忆的地方叙一叙。

董继先看看父亲，抱着伯父的"骨灰"，像抱着伯父威武的身躯。他身上有与伯父相同的基因。从出生那天，他就被贴上了与伯父有关的特殊标签。他是祖父一脉相传的嫡孙，就连名字都渗透着伯父的伟岸雄姿，而他现在伴随着父亲的脚步，正缓缓迈出老院子的门槛。

大门两侧的春联写着"新春福旺鸿运开，佳节吉祥如意来"。这不，文字里好像早就预示着今年好运如意，就连门楣上"董存瑞旧居"五个大字，也格外熠熠生辉！

清明沐春雪，气爽微风掠。洁白苍松翠，乡情话分别。走在雪中小径，走在英雄儿时玩耍的地方，走过他站岗放哨的地方。董继先抱着伯父的"骨灰盒"，与父亲并肩站在帽顶山眺望，仿佛整个"小北川"都传颂着一个声音：英雄的"孩子王"，我们的四虎子回来啦——

6

看着董继先发来的照片，我又产生了新的疑惑：董存瑞"骨灰盒"为何贴的是他十三岁那张少年照？老宅摆放的为何也是同一张？我再次联系董继先，想当面找他忠厚的父亲问个清楚，了解得更明白。他很快回复我："老人同意再接受你的采访。"

第二次到董存金家，我便直截了当地问他为什么在哥哥的"骨灰盒"上，使用的是十三岁时的那张照片。老人坦率地说："哥哥参军时不满十六岁，留下的'良民证'上，就是这唯一一张照片，爹娘和姐姐都记着他小时的模样。"

多么简单而朴实的语言，顺其自然，合乎情理。在世人眼里，全国著名战斗英雄董存瑞是个英勇无畏的解放军战士；而在父母和亲人眼里，他却永远都是个长不大的孩子。

我知道小北川为什么还流传着他的故事，而每段故事里，都是他儿时的传说。无论儿时伙伴如何讲述，他们挥之不去的仍是"四蛋儿"童年时的顽皮：站在大树上跳水坑、挖黄鼠狼找乐趣、惩治"刘大肚"、敢登"阎王鼻"（山名）、和小鬼子摔跤……或许有人编写更多有趣的故事，一张嘴传多人耳，传闻很多，可传闻再远，永远也穿不过童年那个时代的岁月……

董存金又给我讲起那天接灵的情景："接哥哥英灵回家的时候，天上飘着雪花。雪下得很大很大，像洁白的羽毛，像一朵朵白菊花。第二天一早，房上、院里都被白雪覆盖，仿佛一个圣洁的世界。雪后的天气一点儿都不冷，乡亲们清扫出一条小路，为了让哥哥看看家乡的变化。我带他看小时候走过的沟沟坎坎，看父亲率乡亲们种的树，看家乡面对的南山，看他曾经熟悉而今发生巨变的南山堡……让他陪在爹娘身边，再也不用分开！"

我告诉董存金，前几天又到南山堡董存瑞纪念馆采访了馆长孙晓梅。他说："去年迎接哥哥魂归故里，所有工作人员都到场了，还送了几个大花篮。"

我说纪念馆这两年参观的人可真多。那天采访时遇到南昌来的大学生，我和他们一起聆听讲解员的介绍。孙晓梅对我说，截至目前，纪念馆已接待到访人员几十万人次，还特意给我讲了董全忠老人的故事。

那年，董全忠要去参加国庆观礼和英模表彰会。上级领导担心他第一次到首都北京不懂如何待人接物，为此他还被接到省城进行培训。老人开始学习"如何同领导说话""如何参加宴会""如何使用公厕……"

老人三次到北京三次见到毛主席：一次在中南海怀仁堂；第二次在西观礼台；第三次就是在天安门城楼。人太多了，谁见到毛主席都很激动。董全忠还没来得及说话毛主席就从他身边走了过去。

南山堡出了全国著名战斗英雄，村里也获得了很多帮助，从南山堡的"五个第一"可见一斑：第一台拖拉机、第一次打机井引自来水、第一次拉电灯、第一台 25 马力发动机、第一台黑白电视机。

董全忠感谢党和国家对他这位英雄的父亲及家人的关心照顾。20 世纪五六十年代，许多学校的中学生都高举红旗徒步到南山堡祭奠英雄。他们总希望英雄的父亲能给签个名，可老人不识字，更不会写字，怎么办？总不能让学生一次次失望。

老人对董存金说："你教我写字吧！"可写什么呢？董存金想让父亲先学写自己的名字再学别的，可自己的名字写起来也不容易啊！年近古稀的老人，拿起毛笔学写字的确不是件容易事，可老人硬是凭着一股倔劲儿，经过十几天练习，终于学会写名字了。

可他一想，也不能只给孩子们签自己的名字，没有其他内容。怎么办？老人想起《东方红》里唱的："东方红，太阳升，中国出了个毛泽东。他为人民谋幸福，他是人民大救星。"他学会了写"毛主席"！董存金说："不能只学这几个字，总得会写一句话吧？"

老人在儿子董存金的指导下，又学了二十多天，终于学会写"听毛主席的话"。英雄的父亲留下的字迹，现收藏在怀来县董存瑞纪念馆。

在这片土地上，我听到许多董存瑞的故事，也查阅了许多资料，知道他参军后的历史，可真要了解英雄成长过程，就要循着他的足迹，到他牺牲的地方隆化走一走，看一看。

董存金听说我要到隆化采访，建议我一定要找董存瑞烈士陵园最早的办公室主任吕小山。吕小山采访过董存瑞生前的老领导、老同事，各种资料都很齐备，还说他很热情，只要是宣传董存瑞精神，一定会鼎力支持。

董继先帮我联系了隆化董存瑞烈士陵园现任领导，还把副主任的微信推给我。通过他们，我与吕小山商议采访事宜，同时在朋友推荐下，又联系到隆化县文联主席、原董存瑞烈士陵园主任沈文。

一切就绪，只待从英雄诞生的地方，直奔他牺牲的城市。如果说我在寻找英雄足迹，不如说是在寻找创作灵感……

第十章　寻找英雄的足迹

1

8月26日5点30分，我乘公交880路从沙城至北京，途经南山堡背倚的"黄山"，以及山坳里的杨家山，原龙延怀联合县三区政府所在地，董存瑞赴前线参加龙关之战的始发点。

汽车在高速上疾驰，透过车窗，我仿佛看到那个"孩子王"在这片土地的成长；一个血气方刚的少年，紧跟部队行进在这山山梁梁。车过八达岭时，我的脑海中竟再现了那场酣战了十五天的延庆保卫战……

从小城出发，迎着秋日初阳奔驰向东。我从未像这次行程，心里总有一种沉甸甸的感觉。因为没有游山一样的喜悦，不是玩水般的轻松，车载着的躯体里，只有看不见的思绪穿过历史云烟。

我辗转到达昌平站，乘坐向北的列车。这是一种老式"绿皮车"，行驶速度不慢，可二百三十五公里路程，为什么要行驶将近七个钟头？

每到一站，停靠的时间都比其他车次要长，这大概就是车速慢的原因。火车一直在北京境内行驶，仔细观察，我竟有重大发现：从怀来过延庆八达岭，再从延庆至昌平，由昌平驶向怀柔、滦平、隆化。咦？这不正是董存瑞走过的行军路线吗？我不再抱怨车速慢了，反倒觉得这趟"绿皮车之旅"恰好让我有了隔空与董存瑞同行的体验。

车继续向北，经十三陵驶入怀柔。放眼望去，群山逶迤，满目葱郁，突然听到一个熟悉的名字：古北口站到了！我吃惊地站了起来，隔着车窗向远眺望。瞧！雄踞于山巅之上的古北口长城，不就是董存瑞星夜行军赶往的地方吗？从八达岭长城到古北口长城，我不知道它们的城墙是否相连？但可以肯定，长城的血脉彼此相通。

怀柔连接着密云，旖旎的风光，峻峭的峰岭，湖光山色，也不曾让急行军的董存瑞与战友们驻足观赏吗？听！又一个令人欣喜的地名出现了——兵马营！

这不是因接到了国共"停战协定"后，董存瑞生前所在部队驻守练兵的地方吗？我心中油然而生一种对英雄的敬意，我竟情不自禁地走到车门前，关注起那位一丝不苟地挥动信号旗的工作者。

列车启动了，我向他挥手致意，他也回敬了我一个标准的军礼。我猛然想起袁鹰的《小站》："……没有钟，也没有电铃。站长吹一声哨子，刚到站的火车跟着长啸一声，缓缓离开小站，继续走自己的征途……"

2

出了北京地界就是承德。这里山峦起伏，却不突兀巍峨，似曾相识的地貌，让人想起丰沙线上的特色：火车穿行了一个山洞，接着又是一个山洞。我无法想象火车行驶的走向，可一晃而过、时断时续的一片片农田，散落山间的农舍，却无从考证董存瑞和战友是否曾宿营在某个村庄。但我可以肯定这片土地上，一定留下过英雄和战友的足迹。

与怀柔相连的虎什哈，为承德滦平所辖。这里与密云共享着金山岭长城秀美的风光和厚重的历史。滦平又是承德丰宁的毗邻，我便"爱屋及乌"地想到董存瑞的亲密战友郅顺义就是丰宁人。他入伍时，就是由副班长董存瑞接至8班，还曾陪他回过丰宁的家。

自董存瑞牺牲之后，郅顺义就与英雄的名字连在了一起，仿佛再也没分开过。人们说到董存瑞，就会想到郅顺义；讲到郅顺义，肯定离不开董存瑞。其实郅顺义本身就是一位"特级英雄"，可他宁愿生活在战友董存瑞的盛名之下。

车至滦平站停下了。滦平！滦平！难道与沽源的"滦河神韵"有关？两次沽源采风，我都踏访那里，欣赏着滦河源头蜿蜒之美。据悉，乾隆七年时曾在此设喀喇河屯厅，乾隆四十三年改为滦平县。相传因喀喇河屯濒临滦河，便取"滦河无患，人民平安"之意改名为滦平，此名一直沿用至今。

在我的微信照片下，安忠和留言说："现在的滦平原来叫安匠屯，离最初的县城很远，是后来搬来的。老滦平是现在的双滦区滦河镇，离承德市区不远。"

安忠和是"承德罗锅"推荐我认识的作家。他还有个特殊的身份——"发现董存瑞戎装照的关键人物"：1978年，他到隆化董存瑞烈士陵园参观，发现那里挂着一幅英雄少年照。他回去后将自己珍藏多年的董存瑞戎装照寄给了烈士陵园，同时寄去的还有一封说明照片来由的信件。时任烈士陵园办公室主任的吕小山为此花了近三年时间，用以求证照片的真实性。

离隆化越来越近，我按捺不住激动的心情，这样写道：

一张 18.5 元的车票，

一段近 7 个小时路程

从一片山岭到另一片山岭

看似遥远却原来毗邻

以为近在咫尺

谁知我竟走了 50 年光阴

从来没有像现在这般

如此贴近一个崇高的灵魂

3

车过滦平，我发现一个男孩儿一直低着头专注地读书。想这一路从汽车倒地铁，再转乘火车，上上下下，来来往往，多少旅客擦肩而过，人们捧着手机是司空见惯的情景，忽然看到这样一幅禅意、安宁的画面……

我决定打破这个局面，走过去主动与他攀谈，问他读的是什么书，要到哪里去。他说过了前面的闹海营就是隆化城。他就是那儿的人。

我说："我也去隆化！"

他惊讶地瞪大眼睛，好奇地问："这么巧？同路啊！"我以为他是高中生，可他告诉我刚考上二本，已经拿到录取通知书。问他是隆化哪所高中毕业，他庄重地回答："存瑞中学！"我问他知不知道董存瑞是哪儿的人，他不假思索地回答："怀来！"我说我就来自董存瑞的家乡。他睁大眼睛望着我，吃惊地说："真的？！"

他说自己从小学到中学从没离开过以英雄名字命名的学校，也一直没离开过隆化。这次考上本省大学就要离开自己的家乡。他说他们的生活注定与隆化相关，也注定与英雄董存瑞有关。说起隆化，聊起英雄，他总有一种莫名的自豪感，也总有一种精神不断激励和鼓舞着他。

回到座位，我激情澎湃，匆忙记下了瞬间的感受：这是一座与英雄无法分开的城，知道英雄名字的人必定知道这座城。这座城的人没有不知道他们的城与英雄的名并存。

这节车厢里，唯一捧着书读的男孩儿正是隆化人。他有一个与美国著名球星同样的名，可他更知道这座城与那位著名的战斗英雄。

从上学的那一天起，他的小学、中学再也没离开过英雄的名。不久，他就要离开自己的故乡，走进省会一所大学的门，从此家乡与英雄的名将伴他走过山山水水，传到另一座城。

下火车了，我要做的第一件事就是拍一张车站的照片，告诉所有的朋友：我来到了那座地名熟悉得不能再熟悉的"隆化城"！

乘坐出租车时，司机说他到过董存瑞家乡。那年去怀来草庙子拉苹果，顺便去了一趟南山堡。他讲起董存瑞的故事一点儿也不含糊，知道的历史还真不少呢！

4

到达酒店，接到隆化县文联主席沈文的电话，约我在某处见面。他也是"承德罗锅"介绍认识的作家。我刚安顿好，又接到陵园副主任的电话，说已在宾馆大厅等候。原以为烈士陵园副主任是位男士，没想到是个漂亮女人。

从网络走进现实，彼此相识。我让她喊"蓝姐"；她让我叫"小付"。我来自董存瑞家乡；她就在董存瑞牺牲地隆化烈士陵园工作。我们因英雄结缘，由陌生到熟识，略去不必要的客套，彼此姐妹相称。

我有些纳闷：这么年轻怎么在陵园工作？姓付，还是副主任。心里想但没说出来。她说之所以建议我早些到隆化，是因 9 月份陵园道路升级改造，纪念牌楼、董存瑞烈士纪念碑亭、革命烈士纪念碑亭都要翻修，彩绘也在施工。再过几天，她要出差一直忙个不停。

沈文已在某处等我们，中等身材，看着十分干练，很有亲和力，说起话来抑扬顿挫，特别有节奏感。他原是董存瑞烈士陵园管理处主任，在那儿工作了十四年，一谈起董存瑞烈士，立马滔滔不绝。

你想，这十几年里，陵园如何升级改造，英烈肖像与名誉权如何维护，怎样推动英烈肖像与名誉权保护的法治化，他都铭刻于心。他问我，隆化战役的深远意义是什么？在隆化战役众多牺牲者中，为什么大力宣传"存瑞精神"？他潜心研究新时期如何不断完善和丰富"存瑞精神"。

这位老作家，自调入县文联后，便开始放飞自我。作为承德的蒙古族人，他寻根探源，研究民族文化历史，挖掘本民族故事。有时，他也写美文，抒发情怀，但了解最多的莫过于隆化战役。即使他不在陵园工作，仍会参加各种纪念英烈的活动。他说每次到石家庄开会都要到华北烈士陵园去拜祭一下牺牲在隆化苔山上的李荣顺。

聊到与董存瑞同一天牺牲的 31 师副师长李荣顺，沈文说，起初将李荣顺烈士安葬在隆化县城苔山脚下的郑家沟。1966年，又将其遗骨迁往石家庄华北军区烈士陵园。为纪念他，县城最繁华的街道被命名为"荣顺街"，牺牲地叫"荣顺村"。

闲谈时，沈文又问了我一个很有意思的问题："普通话的采集地是哪儿？"我脱口而出："北京！"他说："错了。你来时路过没路过滦平？"我说路过了。他说那儿就是普通话采集地。原来普通话采集地距隆化这么近，难怪他们的普通话都说得那么标准！

5

晚饭后，小付陪我回宾馆，仅一条长街的距离，过一个红绿灯就到了。每到一地，我都喜欢一步步去丈量城市的文化历史和风土人情，对隆化的初印象：不繁华也不杂乱，朴朴实实就像街上买的石榴和榛子。

到了宾馆门口，小付用手指着前面的小桥告诉我："蓝姐，明天您就从桥上过去，左拐往前，走到头可以看到另一座桥，右侧一块大石头写着'英雄广场'，往右就能看到董存瑞烈士陵园。8点30分，我在办公室等您。"

我看看时间，入睡还早，就在门口待了一会儿，观察一下过往的行人，了解一点儿市井生活。这一片应该是老街区，往来的都是普通百姓、小商小贩。停着的三轮车上装载的是石榴，比我们超市买的大多了，价格却很便宜；榛子个大饱满，一斤才十五元，可见隆化山区大多种着石榴和榛子，与怀来物产有别。

宾馆左边是药店，右边是大饭馆，旁边还有一家小小的裁缝铺。现在很少有人买布做衣服，裁缝生意肯定不好做，可老板执意坚守这块地界，想必也是有原因的。

宾馆保安是个中年男子，看我在门口站着，走过来主动聊天，问我打哪儿来。我说怀来。他立马兴趣十足地聊起英雄董存瑞。他说像他这个年纪的人对英雄的情感都很深，现在的年轻人就差远了。我说："隆化人对董存瑞烈士的感情非同一般。"他说："那倒是真的，人家才十九岁，用自己的身体当支架，炸毁了敌人的碉堡，为胜利开辟道路，也减少了战友的伤亡，死得英勇。"他喝了一口水，又接着说，"隆化人对董存瑞烈士的确都很尊重。到外地，一说是隆化人，人们就知道是董存瑞的牺牲地。这让隆化人有一种自豪感，毕竟隆化是因英雄董存瑞烈士而名扬天下。"

这一刻再一次印证了我的感受：隆化与董存瑞，董存瑞与隆化，似乎真的没人刻意区分。难怪我到南方采访一说来自董存瑞家乡，就会被认为是隆化人。

听他们说英雄的故事，看他们眼里放着光，被他们漾着笑容的表情感动着。因为他们那份自豪和荣誉感的确出自内心，发自肺腑，由衷流露出的一种骄傲，仿佛家族的一份荣耀。

6

8月27日早7点30分，按小付提示，我从宾馆出来，向北几十步，过旱河桥头左拐，沿着蜿蜒的旱河边一直向西。我不知道旱河的源头在哪儿，也不知它的尽头，更不清楚这条旱河是不是董存瑞牺牲时的那条没有水流的干河。

河床长满杂草，一截一截，呈阶梯状下降，卵石或石块铺就的底部，都用铁丝网固定，看得出是为排涝泄洪之用。两岸都是普通民居，相隔约三四十米远，狭窄处有步行的小拱桥相连，感觉没走多远就看到另一座桥。

旱河桥头右侧有一块刻着"英雄广场"字迹的卧石。我恍然大悟，眼前这条宽阔的大街不就是"荣顺街"吗？突然间就看到了被繁枝茂叶掩映的"董存瑞烈士陵园"。

大门就在右前方，我兴冲冲急奔而去，想早点儿进去参观，谁知负责大门的中年保安说什么也不同意："没到开门时间，谁也不行。"我看看手机，时间还不到8点，只好耐着性子在外面等一等。

大门左侧空地，有十几位老年人边唱边做"踏步操"。我站在一旁仔细地听着，像是"人生道路奔波向前，美好生活就在眼前""空气清新碧水蓝天……"之类的歌词。望着一个个雄赳赳、气昂昂踏步走的老人，朝气蓬勃，乐观向上的精神状态，与周围的环境一点儿也不违和。我这才理解他们为什么能在"英雄广场"进行晨练。

陵园右侧是一面半仰着的国旗石雕，前方有个凉亭，再往前是蒙古族建筑风格的青少年活动中心。记得沈文曾介绍说，隆化是个多民族县，但占人口比较多的除了汉族，还有满族和蒙古族。

陵园右侧是一所中学，可没看到校牌，不知是哪所学校，看样子不像是以英雄名字命名的"存瑞中学"。我赶紧上网查询，才知道是"隆化一中"。

操场上有学生正在军训，透过栅栏门，我将长焦镜头伸进去，拍了一张操场训练照，心里嘀咕：这所中学与"存瑞中学"有什么不同呢？

我看看时间，差不多可以进去了。当我再次走到陵园大门口，将身份证递给刚才坚持原则的中年保安。他笑了，说："您快请进，小山老师已经到了，在门卫办公室等着呢！"

我顾不上观察陵园概貌，急匆匆地奔向旁边办公室。吕小山正坐在小屋里吸烟，虽说是第一次见他本人，却像是认识很久了：资料堆里，电视采访，网络上的各种介绍……真的是早就熟悉他了。

他也不客套，直截了当地问我需要采访哪些内容。我说查阅了很多资料，来隆化也是为了感受英雄牺牲地的氛围，与他交流一些重要内容。

他说："那简单，我给你带来一本书，等会儿送给你。"

7

　　小付引我拜见了陵园管理处主任，我便和吕小山到一旁的小会议室交流。不一会儿，小付带着几个年轻的姑娘到场聆听。我把带着的一些资料给吕小山看，他说："你准备得很充分！"当看到我打印的两张英雄雕像的照片，其中一张上英雄托起的炸药包上有一只鸽子，他问我什么意思。我告诉他，这张照片是在董存瑞牺牲七十周年纪念活动的现场拍摄的。英雄高举的炸药包上落着一只和平鸽，不正是英雄所希望的吗？我们现在的和平、幸福、安宁，正是无数革命先烈前赴后继、英勇献身换来的。那天偶然拍到的视频，恰好迎合着烈士生前最美好的愿望。他点头表示赞同。

　　随后，他将拎着的小书包打开，取出那本说是送给我的书，是《相伴存瑞六十年——纪念全国著名战斗英雄董存瑞英勇牺牲七十周年》。封面上有戴着红领巾的董存瑞塑像，前面是身着黑外套，头戴黑呢帽，大黑框眼镜，须发花白，脖子上挂着纪念章的吕小山老师。

　　这本被我视为及时而珍贵的书，需要他的亲笔签名，在特殊的时间，特殊的地点。他说："可以，但要写上你的本名。"我说："行！我要拍照、录像留念。"他说书中所有资料都是真实的，涵盖了自己写过的所有书的序、采访资料。他还说，"你想要的在这本书里都可以找到依据。"我说：

"正需要您这本书上的史料来核实我所写的内容。"

我拿出董存瑞的少年照和戎装照，他马上明白我想了解什么，接着就给我讲述照片发现与核实的整个过程。我让工作人员帮忙录像，以便留下此次采访的珍贵史料。他说："不管什么人质疑这张照片的真伪，史实就是史实。董存梅和董存金都没见过哥哥当兵的样子。那时他们都小，怎么记着哥哥的模样？董存瑞二姐董存英活着时，一看到这张照片马上说：'就是他！我弟弟四蛋子。他比我小五岁！'董全忠说：'部队吃得就是比家里好，吃胖了，也更粗壮了！'和他一块儿当兵的怀来战友一看照片，立马说：'就是他！'郅顺义——董存瑞的战友，掩护董存瑞炸碉堡的，说：'看这相貌，很像我的战友董存瑞！'王万发说：'部队在朝阳改编，那时换装，又是大练兵五十天。朝阳在咱们自己手里，也有可能拍照。'"

吕小山说："有人质疑说不是八路军戴两粒扣的那种帽子。这个我也核实了：当时 11 纵 32 师来自地方部队，衣服根本不统一，穿什么的都有，也有这种帽子。再说其他战友在攻打隆化时目睹董存瑞牺牲，可之前人家干什么，别人不知道？董存瑞什么时间照相？在哪儿照的？这都有待以后发现新线索，我所能做到的，就是证实了这张戎装照的真实性。"

我问他有没有找过照片最早的保存者，也就是董存瑞送照片的"韩德发"（后改名为"韩定发"）？他说这人还真没有找过，人家肯定照片是真的，而且部队领导也对此人有印象，证实在 6 连的确有个人叫"韩德发"，在后勤待过。

从会议室出来，吕小山问我还需要他做什么。我说让他陪着在董存瑞塑像前讲讲就可以了，其他地方我自己去看看，感受一下陵园里的氛围。

大门正对着的中轴线上，英雄牌楼正在重新画彩绘，两侧苍松翠柏与一片片串红交相辉映，古铜色的董存瑞塑像就矗立其中。吕小山告诉我，当初是如何塑造这座青铜像的、什么人制作的，又介绍了董存瑞家乡最初在什么地方立着英雄的牌位、祭奠等等。

吕小山离开陵园时，我用相机拍到他在大门口的背影，心中无限感慨：这位八十二岁的耄耋长者，先后在存瑞中学、存瑞陵园等单位工作了四十年，走过多少路，采访过多少见证者，收集整理了多少史料啊！在退休后的二十多年里，他仍在为宣传英雄事迹，维护烈士名誉，证明董存瑞壮举不停地忙碌着。群众盛赞他是"董存瑞精神的传人"。2014 年 12 月，他被中共中央组织部评为"全国离退休干部先进个人"。

他在赠书《自序》中写道：

2018 年是董存瑞牺牲 70 周年，我编辑《相伴存瑞六十年》、《镜头下的隆化历史》摄影集、《歌唱英雄董存瑞》歌曲集，以此作为礼物，献给英雄董存瑞。一息尚存，犹有精神。小车不倒只管拉，共产党员不言退。我们拥抱新时代，为党的事业增添正能量。

而今，董存瑞生前的老首长、老领导、老战友一个个先后离世。他们说过的话，写过的文章，留下的影像资料都留在了吕小山的记忆里，而他又为后人留下多少不可重现的历史性记载啊！

8

沿着陵园的中轴线继续前行。晴空下，纪念碑显得气势更加恢宏。碑上有赫然醒目的八个鎏金大字——"舍身为国 永垂不朽"。这是1957年5月29日，由朱德元帅亲笔题写的。纪念碑的顶端是一颗五角星，象征着英雄精神山河共存，永照后人。

在新中国诞生的过程中，有无数革命先烈用生命和鲜血为共和国成立铺平道路，作为普通战士的董存瑞能得到朱德元帅如此评价，足以说明他的牺牲所承载的重大意义和作用。我深深地感受到，这些文字里，饱含的是多么沉重而又崇高的荣誉。

碑座四周环绕着双层汉白玉栏杆，造型朴素的花瓶和花纹浮雕，烘托着纪念碑的雄伟与壮观。吕小山曾采访陵园筹建者之一冀兴坡，介绍五次进京呈请中央首长题词和获赠人民英雄纪念碑汉白玉碑心石的经过。

纪念碑后面是一座陵墓。说心里话，随着父母公婆等亲人先后离世，我对墓地多有忌讳。可此次我不能不去祭拜著名战斗英雄！他是隆化人的骄傲，更是怀来人的自豪。我来自他的家乡，就为写他而来到英雄牺牲地，必须克服心理阴影，一步步接近"董存瑞烈士之墓"，哪怕那是一座没有遗骨和遗物的坟茔。

体会着董存金缓步走在这条甬道的心情，想象他向前行进，隔空呼唤："哥哥，我要带你的英灵回家，带你回到爹娘的身边。哥哥，回家吧——"

坟茔后面有个小铁门，门上专门设置的小孔可供人们瞻仰。我也战胜了内心，将右眼紧贴小圆孔，满怀好奇地一探陵墓里的"秘密"。阳光从坟丘通气的小窗透进，虽然昏暗却能清晰地看到周围摆放着花圈，一口大大的红色棺木呈南北向摆放，朝门孔方向的棺盖上，竖立着董存瑞的戎装照。无论什么人质疑，这座没有骨灰和遗物的墓丘，这张令人肃穆的遗照，早已成为世人景仰的"圣地"，以及精神与灵魂的"镜片"。

9

在通往董存瑞纪念馆的岔路口，一位身着红外衣的中年妇女与我擦肩而过，一个十来岁的男孩儿紧随着她径直向烈士墓走去。我停下脚步静静观望。他们绕着坟墓走了一圈，在墓碑前双手合十，伫立默哀。可能是男孩儿有些好奇，又让妇女带他到小铁门处，或许也像我一样仔细探查坟墓内部"秘密"。

我站在原地等着，没有向前，也没退后，只是等待着，等着采访这位可敬的姐姐为什么会带男孩儿到烈士墓，为什么肃立默哀呢？

当红衣女子再次经过，我礼貌地拦住了她，先做自我介绍，然后问她为什么带孩子到这里。她说想让孩子有敬畏心，懂得感恩。

我问孩子几年级，她说："这是我孙子，今年四年级，学校铺塑胶跑道，正好休息，就带他来陵园感受一下英雄董存瑞的伟大壮举，让孩子有个崇拜者，心中有这个英雄。如果没有先烈们的牺牲，我们还在受苦受难。隆化战斗打得多艰难，牺牲那么多人才攻克下来，多么不易啊！"

问她姓名、工作，她笑了，说姓李，是做金融工作，现已退休。我说："您不是教师却注重教育孙子学习英雄，崇拜英雄。"

她接过话说："就得这样一代一代传承，一代一代延续。我们毕竟是在这片热土上生活和工作。如果没人带他（指孙子）来了解，慢慢地，他们也可能对英雄和烈士的感情就淡漠了。"

她转身望了一眼董存瑞烈士之墓，十分感慨地说："隆化因为英雄董存瑞名扬天下。我们隆化人对他的情感是真挚的。每年'5·25'，老百姓都会自发地到这里来悼念英雄：送花圈呀，送花篮呀，政府机关和学校都会组织纪念活动。"

她还自豪地告诉我：上小学时，因为学习好被选上学生代表，参加"5·25"纪念活动，倍感荣耀，现在想起来都觉得非常自豪。她说："你想，全校多少学生，唯独我被选中，看到那么隆重而庄严的祭奠仪式，真的是一辈子都忘不了。等到参加工作，只有党员或先进工作者才能参加这样的纪念活动。不管天有多热，参加活动的人群没有一个打伞的。人们都那么规规矩矩地站着，都愿意到这里接受心灵的洗礼。"

我们彼此交流着对英雄的崇敬之情，说到《董存瑞》电影里英雄牺牲的那一段，我们都情不自禁地流泪了：是啊，他才十九岁，现在这个年龄的孩子大都还在上学呢！她用纸巾擦了一下眼角，故作平和地接着给我讲："刚才孙子还问：'奶奶，你看过几次《董存瑞》了？'我说看过'N'遍了！每次看到董存瑞牺牲那段我都不由自主地落泪。"

我说自己过去总把董存瑞当作"高大上"的英雄，却从没有像这一次因为要写他的成长过程，才真正走进历史，认识英雄，了解真实的董存瑞。

她边聊边用纸巾抹眼角流出的泪水，几近哽咽地讲着电影中那段感人的一幕，直到难过得说不下去，才略微停顿片刻，接着又说："他那时还不满十九岁。如果没有董存瑞，得有多少人献出生命啊！"

是的，如果没有董存瑞的自我牺牲，又要有多少战士流血、献出生命？当我走进隆化董存瑞纪念馆，似曾熟悉的一幕幕场景、一个个故事，相似的一幅幅照片，在隆化英雄纪念馆出现，也在怀来南山堡英雄的故土上出现。

曾有的经历，都是鲜血和生命谱写的历史，黄继光、邱少云、雷锋的事迹中，都有董存瑞精神的突出体现！

10

我循着英雄的足迹继续向前，去看那条倾尽英雄鲜血的旱河，去看那片忠骨化作齑粉的泥土。

眼前一座小小的拱桥，真的无法让我与那场震撼灵魂的战斗相联：窄窄的河道里，长满青翠的树苗，相隔两岸，仿佛伸伸手就能够得着。拱桥可以步行通过，既有实用价值，又起观景作用。

过桥没多远，一道栅栏门旁的贴板写着：董存瑞烈士牺牲地址。我独自走进铸就英雄"一举成名"的地方，院子不大也不拥挤，没有高楼遮挡阳光，却显得天高地阔。

蓝天白云下，圆形凹地的正中有一块横卧的巨石，红色字体十分醒目：董存瑞壮烈牺牲地址。底座刻有：

原中国人民解放军东北野战军第十一纵队
三十二师九十六团二营六连六班班长董存瑞，于
一九四八年五月二十五日下午三时半，在解放隆化

的战斗中，以身体当支架，手托炸药包，炸毁国民
党军据守在隆化中学的桥形碉堡壮烈牺牲……

大门左侧是一座仿造的桥形暗堡，中间凹下去的地方象
征着旱河，横跨河道的桥形暗堡连接着两端碉堡，两侧沟渠
近乎直立，桥上的几个射孔就是对 94 团、96 团构成威胁的
火力点。

走到碉堡口，我用长焦拍摄桥体内部，那是可以通行的
暗道，直观展示了暗堡构造，让人清楚地意识到，正是它的
存在曾对我军进攻隆化中学造成巨大伤害。

据说此段沟渠就是当时旱河流向，而巨石的位置正是董
存瑞站立在桥形暗堡的中央。如果不将历史与现实结合，的
确难以还原当时情景。

站在拱桥上回望英雄擎天一举的地方，眺望耸立山上的
高塔。旱河尽头是伊逊河，高塔之处就是 31 师副师长兼 91
团团长李荣顺牺牲的苔山。

我沿着旱河西行，横穿张隆公路，来到伊逊河畔。河岸
修筑的木栈道可以驻足观赏，了解隆化地形地貌。我发现这
里的河床很平坦，水量也不大，而旱河只是夏季泄洪的通道。
这里应该是隆化城地势最低与最高的连接处。

据吕小山回忆，他小时候的伊逊河没有桥，到对岸要坐
船或"游筐"。20 世纪 40 年代，伊逊河修了一座木桥，因
苔山煤矿之故，桥修得偏北了一点儿，倘若过桥，就得绕行

三里多地。

在两次攻打隆化的战斗中，苔山和伊逊河都曾给我军带来了不少困难，而这条旱河更是承载着令人难忘的历史记忆。

一条以烈士名字命名的街道，永远留住荣顺；一所以英雄名字命名的学校，使"存瑞精神"得以永恒。

第十一章　赓续血脉做传人

1

当天下午，我向酒店前台咨询了存瑞中学大致位置，便沿着建设街向南，过十字路口继续往前，突然瞥见右侧两楼间有个铁栅栏，走近发现是所学校，可铁门紧闭无法入内。

走到街道拐角，有人告诉我："瞧！那就是存瑞中学！"我顺他手指的方向看到写有"存瑞中学"的大门。门卫也是个中年男子，听完我的介绍，热情询问我是否采访校领导，找不找董继英。

我自然清楚学校工作职责，贸然打扰校领导和英雄侄女也会失去探究意义。从个人角度来说，独自发现这所用烈士名字命名的学校是如何传承"存瑞精神"并将其发扬光大，才是我创作目的所在。

在学校布局图前，一个小女孩儿蹿过来，回头喊着身后的奶奶。女孩儿圆润的脸上洋溢着幸福，指着布局图向奶奶介绍。我也凑了过去，问她名字和年级。

她笑着看了我一眼，说叫韩阳（化名），读三年级，妈妈在这里教高中。她带奶奶来学校参观。小姑娘活泼健谈，话语间充满自豪，我问她知不知道学校名字的来历，她脱口而出："因为董存瑞舍身炸碉堡！"

关于校名由来，展牌上写得很清楚，但女孩儿对存瑞中学的了解，一定是来自教高中的母亲。从她甜甜的表情、欣喜的目光、骄傲的语气和毫不掩饰的自豪感，都让我明白了，小姑娘眼里的"董存瑞"，是一个多么荣耀的名字，可以感受到英雄在孩子心中的地位。

学校大致呈不规则三角形，北边校际圆润，南面呈阶梯状缩减。东有学生公寓、礼堂、小餐厅；办公楼居东北角；主干道两侧有艺术馆、阶梯教室、科技馆、球馆、大餐厅和教学楼。东南角有篮球场，西北角有大操场，或叫足球场。

当我转过身向前走了几步，一条写有"热烈欢迎高一新生，祝您圆梦英雄校园"的红色横幅吸引了我。横幅下方是十字路口，中间矗立着一尊古铜色英雄雕像，与常见的董存瑞雕像不同——这尊雕像是左臂夹着炸药包，右手紧握拳头，昂首挺胸，步履豪迈，呈向前冲的姿势。校训"顶天立地、继往开来"似乎也说明了雕像含义。

我了解到，存瑞中学的校风是文明、刻苦、真诚、奉献；校花是串红；校树是油松；校标像一面被风扬起一角的红旗；校歌题为《存中人》，歌词是："一尊英武的雕像，铸就了一个永恒的青春，一个擎天的壮举，勾画出一个气壮山河的灵魂。啊！董存瑞！董存瑞！义薄云天，勇破顽敌……"

我从未在意过这所中学，原本对她也没什么任何感知，可等到一点点了解了这所著名学校后，才感觉自己越来越喜欢她，才知道她竟然是一所省级示范校。

瞧！工人们正给篮球场换新展牌，还可以清晰地看到原来的内容："特别能吃苦、特别能守纪、特别能战斗、特别能奉献。"怎么样？听上去是不是颇具兵营味道？我想，这恐怕是其他中学所没有的特殊氛围。

2

人的成长离不开家庭环境和社会环境的影响，而潜移默化的隐性教育往往是学校教育必不可少的组成部分。这所存瑞中学的教育理念，仅从学校环境布局就可见一斑。

我按捺不住激动的心情，在校园继续寻找，不知能不能有更多令人欣喜的发现，也不知有没有与董存瑞有关的明确的教育导向。

看！雕像右侧路口那块横卧花丛的特殊石头，上面刻着董存瑞烈士生平。旁边艺术馆，取名"存瑞部"。大楼门玻璃上的红色贴字也是"特别能吃苦、特别能守纪、特别能战斗、特别能奉献"的口号，让人一看就能激发出内驱力的口号，读一读都能感受到一股蓬勃向上的冲劲！

学校还贴有有毛泽东的诗词"孩儿立志出乡关，学不成名誓不还，埋骨何须桑梓地，人生无处不青山"，有周恩来的名句"为中华之崛起而读书"，也有李大钊的至理名言。

崇拜领袖、崇尚英雄的环境氛围，使这里的孩子，学习有榜样，奋斗有目标，勤勉有动力。这是将对学生情感与价值观的教育融入日常环境之中，比起口头教育，环境影响可能更易深入人心。

紧邻操场的初中部竟直接写着"存瑞楼"。试想一下，当新生走进这所著名的省级示范中学，再住进以英雄名字命名的宿舍楼，那该是怎样的一种心路历程？难怪火车上遇到的男孩儿说起刚从这所中学毕业考上大学，眼里会流露出光芒，那清澈的目光就像没有一点儿杂质的山泉一样。

我饶有兴致地走到大操场。阳光下，一队队正在军训的学生，有的正练站姿；有的正在转向；有的在跑道练队形，响亮地喊着"一、二、三、四"，还有的在踢正步。不论练什么，他们都是以班为单位，没人掉队，没人搞特殊，统一着装，整齐划一。

站在草地上，远望主席台背景墙，拉近镜头，我才清晰地看出左臂夹着炸药包，右拳紧握，冲向前方的英雄形象，上面还写着"英雄伴我成长，我让英雄无憾"。显示屏上滚动的字幕表明，在操场上训练的，正是存瑞中学初一、初二年级的学生。

初中生相较于小学生，无论身体上还是心理上，都会发生显著变化。这是每个人成长的必然经历，也可以说是人生意义上的第二次"断乳"。从初中开始，学生会以独立的视角，了解周围环境，了解人生和世界。他们的思维行动由稚嫩逐步走向成熟，从此进入人生重大转折的青春期。

军训可以让学生感受到团队精神、乐观态度以及克服困难的勇气和永不言弃的干劲。军训不仅可以让学生增强集体意识，提高纪律观念，还可以培养他们良好的生活习惯，身心得到锻炼。

站在这里，我再次眺望苔山，仿佛它近在眼前，很难想象那片美丽的风景区曾是炮火硝烟的战场，更难想象眼前这活跃跃的操场曾是董存瑞与战友捐躯的疆场。

我终于体会到，有一种新的生命在这里滋生、蔓延；有一种不朽的生命形式，在这块土地上蓬勃生长。那是一种从未消失的精神！

3

操场南边就是高中部，门厅一座青铜鼎让人想到"大名鼎鼎""一言九鼎"的成语。两侧展板分别有"弘扬存瑞精神，办有品质学校"和"自主学习、自主管理、师生融合"等各种宣传语。我心中暗叹：能在这样的学校读书或工作，真乃人生一大幸事！

在读得懂、解得透的隐形教育环境中，学生容易形成由内而外的自我教育习惯，从而激发出来的内驱力，如火山迸发，能量巨大。

在《英雄榜》序言中有这样一段表述："英雄文化是存瑞中学校园文化的重要组成部分，特别能吃苦、特别能守纪、特别能战斗、特别能奉献是英雄精神的核心内涵。"

在英雄的感召下，存瑞中学的莘莘学子自我管理、文明守纪、勤奋学习，涌现出一大批品学兼优、管理能力突出的学生。在课堂教学和宿舍管理评比中，一些学生在学习小组和宿舍里的表现也很突出，对个人和团体的表彰正是为了进一步弘扬英雄精神，激励先进者再接再厉，激发后进者见贤思齐，达到共同提高的目的，充分体现出"英雄伴我成长，我让英雄无憾"的校园优势。

2019年高考英雄榜是最大的亮点，其中学生最高成绩681分，被清华大学录取。除此之外，考取同济大学、大连理工大学、中南大学、中央民族大学、东北大学、西北农林科技大学等重点大学的学子也不少，像火车上偶遇的男孩儿一样，考上二本的学生应该会更多！

在校务公开栏，我发现了董继英的名字。这位"继承英雄遗志，发扬存瑞精神"的女教师，曾执意要留在隆化，留在以英雄名字命名的中学任教。她正是董存金的长女，董存瑞的亲侄女。

与姑姑董存梅、父亲董存金一样，董继英也是在隆化的存瑞中学毕业，考入平泉师范学校英语专业。20世纪80年代，英语专业人才稀缺，董继英有很多机会到天津、北京等大城市工作，但她却依旧选择回到隆化，回到存瑞中学。有人对此甚为不解，问她为什么，她说："这里是伯父牺牲的地方。在这儿工作，感觉离伯父会更近一些，可以时刻感受到他的存在。"她还不无自豪地告诉人们，"伯父入选'百位为新中国成立作出突出贡献的英雄模范人物'，作为烈士亲人，感到由衷地自豪。伯父是无数革命先烈中的一员，这份荣誉不仅属于他个人，还属于他所代表的千千万万为国捐躯的英烈。"

董继英以自己的言行举止为学生做出榜样，还时时处处不忘自己特殊的身份，注重生活小节。她说："教师的职责不仅要传道授业解惑，更要为人师表。伯父在解放战争时期，能坚定共产主义信念，关键时刻又能挺身而出，舍身为国。那种顾全大局，勇于战胜困难的大无畏精神，在当今社会，依旧有着现实意义。作为烈士亲属，我更有责任和义务把这种精神传承下去，培养学生的社会责任感，懂得回报国家和人民。一想到这些，我就觉得自己不能给伯父丢脸，更不能给英雄抹黑。"

三十多年来，董继英一直在教育一线辛勤耕耘，收获累累硕果。她多次被评为"教学标兵""高考功勋教师"，先后荣获承德市"青年教师评优课"一等奖、特等奖，当选隆化县政协第十四届委员会委员。她说："伯父的精神就是我前进的动力，必须坚持不懈地沿着伯父的足迹走下去！"

"走进存中门，铸就英雄魂；走出存中门，传承英雄魂。"每个从存瑞中学走出的人都承担着这样的一份责任和使命。我再次想起偶遇的那个爱读书的男孩儿，理解了他为什么会为自己是"存瑞中学"的毕业生而骄傲了。

在这里，英雄文化、英雄精神不只是以各种形式呈现在学生面前，而是将崇尚英雄的精神内涵融入一代又一代"存中人"的血脉。

4

辞别隆化，我没有了来时的沉重感，反而内心觉得欣慰和轻松。为寻找英雄足迹的隆化之行收获满满。在我接触的每一位隆化人，看到的每一处与英雄有关的场景，抑或偶尔体会的风土人情，都是自然而然地呈现在眼前，没人做作，也没有谁主动表现，所有采访都是随机的，所有的体验都是没有"脚本"参考的。

"隆化是全国著名战斗英雄董存瑞英勇献身的地方。"董存瑞于隆化是永恒的；隆化于英雄是重生的。在世人眼中，隆化与董存瑞，二者没什么区别。说起隆化，人们会想到战斗英雄董存瑞；说起董存瑞烈士，人们自然而然就会想到隆化，想到隆化的这所中学。

所以，当我到南方采访向别人介绍"我是来自董存瑞家乡"时，会有人脱口说出我是"隆化人""承德人"。

每年的 5 月 25 日英雄公祭日，对隆化百姓来说，是一个隆重而刻骨铭心的日子。他们自发前往董存瑞烈士陵园参加追悼活动。那座根据相像的二姐董存英相貌雕刻的塑像，那座朱德题词的纪念碑，那座没有骨灰和遗物的墓丘，都是隆化人"朝圣"之地。

据吕小山所言，隆化修建陵园之初，曾组织人员寻找烈士遗骨，时任县委办主任率人挖开当时打扫战场掩埋烈士的坟墓，里面有很多遗骨，可无法辨认哪块是董存瑞的。那在董存瑞烈士墓中安放什么呢？县里建议写块木牌代替，建筑公司木匠刘起做了一个四尺长的棺材，民政科冀兴坡在县里选好的楠木，用朱砂写下了"以此木代替烈士遗骨"的木牌藏于棺内。董存瑞烈士陵园几经扩建修整，烈士墓也进行了迁移，但是当时做的棺材和用朱砂写的"以此木代替烈士遗骨"的木牌，却从未更换过。

七十多年前，董存瑞的肉体融入隆化大地的泥土，鲜血渗入旱河河床。而今，他弟弟掘一抔黄土回归故里，让天堂的双亲灵魂得到慰藉，也让活着的亲人们得到些许安慰。对隆化而言，董存瑞早已将全部的生命毫无保留地献给了这片热土，而这里的人民也没有辜负英雄的赤胆忠心，将存瑞精神发扬光大，隆化处处洋溢着蓬勃向上的力量。

透过列车尾厢的栅栏，隆化城的影子渐渐远离，想起沈文说的话："隆化攻坚战的胜利是 11 纵组建后打的第一个大胜仗。有人认为隆化之战对'四野'不算什么大仗，但出现了一位'舍身炸碉堡'的董存瑞，让它名扬天下。这话说得不完全，隆化之战的胜利不仅实现了毛泽东'解决冀热辽根据地问题'的战略构想，切断华北国民党军队增援东北的重要通道，还为辽沈战役扫平道路。隆化解放使承德守敌变成孤军，而我军不费一枪一弹解放了承德，使避暑山庄、外八庙等文物古迹免遭战火，同时也为平津战役打开了北大门。"

是啊，董存瑞的牺牲之所以不同，是因为那个时间、那个地点、那种方式。这就是信仰的力量，更是因为董存瑞有一颗高度赤诚的丹心。心中有大爱，无私就无畏，真诚肯奉献，这些都凝聚在一个人的骨子里，怎会不勇往直前呢？

5

在隆化烈士陵园众多的碑林中，从党和国家领导人朱德、聂荣臻、杨尚昆，到董存瑞生前老首长程子华、贺晋年、陈仁麒、钟辉琨等人的题词中，都肯定地赞扬了董存瑞精神彪炳千秋。

不过，有一个人的题词更引起我的关注，他就是曾任平北军分区政治部主任、平北地委书记的段苏权少将。他的内容更说明，英雄的成长非一日之功。他写道："董存瑞烈士是在抗争的土壤上经过解放战争锻炼成长的。"

我来自英雄的故乡，辞别了英雄长眠的地方，仿佛眼前不断浮现出他的成长经历：在小北川一个普通农民家里，一家人企盼多年的男婴诞生了；在龙延怀这块燃烧着抗日烽火的土地上，一个顽皮的男孩儿蜕变成勇敢无畏的儿童团团长；在平北抗日大后方，无所畏惧的"孩子王"淬炼成虎胆雄威的小基干队员；在冀察热辽的战火硝烟中，十七岁的小伙子成为光荣的共产党员。

　　他在炮火轰鸣中越战越勇；他在急行军中机敏果敢，再立新功；他面对枪林弹雨毫不迟疑，挺身而出。我仿佛看到他托起炸药包，将生的希望和胜利的喜悦留给了战友。

　　我又想起那段无意中拍下的视频：英雄高举的炸药包上，那只停留片刻的鸽子。和平、幸福、安宁，何尝不是无数英烈给予的希望？他们用生命和鲜血为子孙后代开创出没有硝烟炮火的生存环境！

　　这一路，我是踏着英雄的足迹从他的出生地，到他的牺牲处，却总感到有种绵延不绝的眷恋，有种从未间断的思念。我的确亲临他牺牲之所，轻抚为他竖起的铜像，仰视高耸的纪念碑，也真真切切看清了连一撮骨灰和遗物都没有的坟茔。

　　那座坟墓甚至称不上是他的"衣冠冢"，除了棺木上的戎装照，安放的棺椁里，仅有一根用朱砂写着"用此木代替英雄遗骨"的楠木。或因曾年龄幼小的妹妹弟弟无法铭记哥哥的容貌；或因相隔太久，让耄耋之年的老战友再也记不清他十九岁的模样。然而隆化，特别是以英雄名字命名的中学，

"存瑞精神"的确得以代代繁衍，可我还想继续寻找，循着英雄的足迹，找到他仍然"活着"的线索。

行驶的列车上，我不再从山川、村庄里寻找董存瑞的身影，而是回味在隆化的每个细节，或许在那里我能找到一点点新的信息呢。

第十二章 "活"着的董存瑞

1

在寻找英雄足迹的过程中,我时常思考这样一个问题:人的生命真的只有一种形式吗?隆化是董存瑞献身的地方,有他精神不朽的滋养土壤,有无数个赓续血脉的传人。他的生命一定是以特殊方式延续着,可那又该是一种什么样的方式呢?

我不停地翻看在隆化拍摄的照片,猛然想起拍于董存瑞烈士纪念馆的一张名单。对啊,就是"董存瑞班"!从首任班长董存瑞,到第二任班长王世凯,第三任班长梁玉凤⋯⋯直至第五十三任班长焦国庆。

我被突如其来的灵感激动着,放下相机,急切地上网查询最后的人名。百度百科第一条:"焦国庆,男,汉族,山东淄博人,1951年10月1日出生,焦裕禄长子。"

咦?著名已故兰考县好书记焦裕禄的儿子?应该不是我

要找的那一任"董存瑞班"班长吧？年龄没有这么大！可强烈的好奇心驱使着我耐心读下去："1968年3月，焦国庆初中毕业，和十五岁的妹妹焦守云同一天走入军营。焦国庆被分配到沈阳军区一支驻扎在山沟沟里面的'董存瑞部队'，一干就是二十一年，历任'董存瑞班'班长、排长……事迹上过中央电视台和《解放军报》。1989年转业，2004年从开封市地税局票务管理局局长任上退居二线。"

我没想到焦裕禄长子也担任过"董存瑞班"班长一职，可仔细查看那份名单，却找不到符合他年龄段的记录，而排在表格最后的"焦国庆"显然是最年轻的一位"董存瑞班"班长。

刚刚燃起的希望瞬间破灭了，而心中的疑问反倒增加了。我要找的"焦国庆"在哪儿？焦裕禄的儿子怎么可能"造假"？央视和《解放军报》都介绍过他的事迹，怎么可能"冒牌"？这里面一定有很多无法理顺的历史关联。

俗话说"功夫不负苦心人"，我终于找到央视网2017年1月12日23点37分的一个视频，CCTV-7国防军事频道《军旅人生》——《焦国庆：当兵要像董存瑞》。

视频开头有自我介绍：

我叫焦国庆，山东禹城人，今年二十二岁，2013年入伍，现任陆军第16集团军炮兵旅董存瑞班第五十三任班长。我的家乡是大禹治水的地方，从小父母就教导我："无论做什么事，一要耿直，二要勇敢。""当兵走近董存瑞，心贴英雄纪念碑。每当呼点老班长，一腔热血两行泪。"从进到连队的那天起，这首《当兵要像董存瑞》就成了我军旅生活的伴奏带。

看到视频里这位年轻的"董存瑞班"班长，我更加坚定一个信念：董存瑞还"活着"！然而心中疑惑的是焦裕禄长子也当过"董存瑞班"班长，为什么没在名单之列？难道会有两个"董存瑞班"？

2

众所周知，董存瑞是东北人民解放军第11纵队32师96团2营6连6班班长。据悉，1948年11月，根据中央军委命令，董存瑞生前所在第11纵队改为中国人民解放军第48军，贺晋年任军长，陈仁麒任政治委员，周仁杰任副军长，杨春甫任副政治委员兼政治部主任，何廷一任参谋长。董存瑞生前所在第32师改为第143师，李光辉兼任师长，刘禄长任政治委员；董存瑞生前所在第96团改为429团。

1950年10月，中国人民解放军第143师奉命从南方剿匪战场北上，改编为火箭炮兵师中国人民志愿军第21师，辖五个火箭炮团，为两营六连制，董存瑞生前所在的2营6

连被编入203团。同年12月，炮203团随师部首批入朝参战，奉命支援志愿军27军反击进占我军阵地的美军，实现火箭炮部队首战告捷。随后，炮203团又移至东线配属第67军作战，被打美军不知道"喀秋莎"火箭炮是啥武器，惊呼志愿军使用"原子炮"。

1953年10月，火箭炮兵第21师辖四个火箭炮团(201团、202团、203团、210团)从朝鲜回国，进驻辽宁省阜新地区。1955年2月，奉总参电令，该师师部及炮202团由火箭炮兵改装为榴弹炮兵部队，改称"炮兵第11师"，所属各团除炮202团外，全部调出(包括董存瑞生前所在的2营6连6班，也就是"董存瑞班"的203团)。

作为董存瑞生前所在部队，炮兵第11师有他的老战友郅顺义，曾任炮11师政治部副主任、副政委；有他的老连长王万发，曾担任炮11师师长；有原营教导员宋兆田，曾任炮11师政委；有原师部宣传干事，下派到6连参加隆化战役的程抟九，曾任11师副政委；还有多名原董存瑞团的干部也都曾在炮11师任职。因此，每到董存瑞牺牲纪念日，炮11师都组织纪念活动。

因炮兵第10师有董存瑞生前所在203团(也就是96团)2营6连6班，每年也会举办纪念活动。由于这种特殊原因，便出现了"两支董存瑞生前所在部队"。后来"炮11师"划归陆军40集团军，除一个团归属炮兵第10师外，其他团合并整编为40集团军炮兵旅，至此"炮11师"不复存在。

2016年，中国军队新调整组建的十三个集团军相继亮相，官方已先后披露多支拥有光荣历史部队的隶属关系，其中董存瑞生前所在师、团、营、连、班都隶属第78集团军，由此"董存瑞生前所在部队"终于融合在一起。

如今，董存瑞生前所在部队驻守东北边防，每年新训结束，被分到这里的新兵首先要学会两首战歌：《代代高呼董存瑞》和《当兵要像董存瑞》，而"董存瑞班"都是从全旅挑选的最出色的战士，想要成为这个班的士兵，真不是一件容易的事！

3

有资料介绍，焦国庆入伍第二年，正赶上旅里组织"存瑞杯"军事课目比武竞赛，几百名炮长同时展开角逐。焦国庆以六秒时长刷新全旅记录，一举拿下全旅炮长专业第一名，不久被任命为"董存瑞班"副班长。2016年，焦国庆正式担任"董存瑞班"第五十三任班长。他深知，英雄班班长的接力棒传到自己手中，肩负的责任也就更大更多。

每天晚上，"董存瑞班"的晚点名就是炮兵旅的一道风景线。当连长呼喊董存瑞的名字时，"董存瑞班"全体战士齐声回答："到！到！到！"焦国庆说："董存瑞班是全旅的标杆，有无数双眼睛盯着、望着，能担任班长不单是一份荣誉，更意味着沉甸甸的责任。"

白山黑水间，有他们实战演练的身影；林海雪原里，有他们冬训拉练的脚步。在部队三年，焦国庆最大的感受就是"只有经受住冰冷刺骨的寒，才能迎来直抵心肺的暖"。他作为董存瑞班第五十三任班长，带领全班踏着英雄的足迹一路向前。

在炮兵旅，也有一座董存瑞纪念馆，一直都是由董存瑞班的战士担任讲解工作。焦国庆担任班长以后，开始大量阅读关于董存瑞的著作和相关访谈，还搜索到不少一手资料。焦国庆发现老班长董存瑞不仅军事素质过硬，对战友更是关怀备至，这让他找到了新的奋斗目标。

"当兵走近董存瑞，心贴英雄纪念碑，问一声老班长，流血为了谁？为了新中国，舍身大无畏。"这首《当兵要像董存瑞》是董存瑞连所有战士必学的歌，然而就是这样一件看似简单的事，对来自藏区的新兵而言，却成了几乎无法完成的任务。

这个从海拔 5100 米藏南高原走出来的小伙子来到千里之外的东北边防。他说自己刚下火车时感觉头都晕，就像平原的人到高原一样仿佛脚踩棉花。对第一次走出大山的他来说，没学过普通话，别说唱汉语歌，连最基本的口令都分不清。这一情况让包括焦国庆在内的所有新训班班长皱起了眉头，但从接兵的第一天起，焦国庆就认定这个兵：要强、不善表达。

为了带好这个兵，焦国庆先从教汉语开始，让他多读书看报，每天带着学、逼着学。在他遇到困难想放弃时，焦国庆帮他克服畏难情绪，鼓励他多和战友们交流。这个问题刚有了起色，他又遇到了更大的困难。因为藏区生活之故，跑步时出现"醉氧"而晕倒。"醉氧"是藏族战士适应平原生活必须迈过去的一道"坎儿"。焦国庆背他跑到医务室，看完病又把他背到班里，帮他打饭，用心照顾，使他备受感动，身体恢复后马上投入训练。新兵下连，这位藏族小伙被分到了"董存瑞班"。

五个月后，炮兵旅迎来跨区基地化演习，"董存瑞连"担任主攻任务。焦国庆挑选四名战士冒着"枪林弹雨"奔袭八公里，抵近蓝军阵地，发现小山上的"敌情"，顺利完成主攻任务。这场战斗，"董存瑞班"立下头功。对焦国庆而言，荣誉属于昨天，当明天到来时，一切又都是新的开始。因为他是"董存瑞班"班长，当兵就要像董存瑞一样。

4

在隆化董存瑞纪念馆拍摄的一张照片，让我记住他的名字：王鹏。他是董存瑞班第五十四任班长。尽管他的名字还未出现在那张继任者名单里，但他的影像资料，却为我提供了"董存瑞班"的最新情况。

2017年，吉林永吉遭受五十年不遇的特大洪涝灾害，在近三百米清淤任务区，"董存瑞班"担负最艰巨的任务。面对一米深的泥坑，班长王鹏第一个扛起工具跳下去，全班战士二话没说纷纷进入泥坑，经过五天连续奋战，圆满完成任务，受到地方政府和人民的高度赞誉。"董存瑞班"敢于在各种急难险重任务面前亮剑，缘于"董存瑞精神"真正融入了每一个战士的血液中，而且内化成一种行为自觉。

在"董存瑞班"所在部队，一直流传这样的话："训练场上想起董存瑞，优良成绩排成队；困难面前想起董存瑞，迎难而上不后退；抢险救灾想起董存瑞，勇往直前不畏惧；战斗时候想起董存瑞，英勇杀敌大无畏；老班长董存瑞，一面红旗放光辉！"

尽管英雄远去，但他的精神已积淀为一支部队的集体性格和文化品格，并不断被注入新时代内涵，在后继者身上传承，在战旗上散发光芒……

走进"精武—2018"，看"董存瑞班"如何"牛"！深冬的北疆气温降至零下20℃，练兵场上，王鹏带领全班士气高昂地投入训练，代表董存瑞生前所在部队第78集团军某旅参加陆军组织的比武取得优异成绩，荣获战区陆军军种部队第二名，被评为陆军"作风过硬参赛班"。

"当兵不得块'存瑞奖牌'，我们谁也不甘心！"这是"董存瑞班"战士投入操炮训练的目标。"存瑞奖牌"是旅里为纪念老班长董存瑞设计的奖牌，每年5月25日英雄忌日这一天，该旅都要举行"存瑞杯"军事专业大比武，并为取得第一名的训练尖子颁发"存瑞奖牌"。一批批训练尖子脱颖而出，"你之英名，我之殊荣"。王鹏说："只有走进英雄部队、走进英雄世界，才能更深地理解这份渴望。"

心中有信仰，脚下有力量。英雄精神不仅体现在刹那间的生死抉择，更体现在经年累月的执着坚守。每个人都可以成为自己的英雄，而在"董存瑞班"注重学习英雄事迹，强化班级战士思想认同，早已形成了人人争做"董存瑞式"钢铁战士的良好氛围。

每逢新兵下连、执行重大任务，"董存瑞班"所在部队的第一件事就是组织入班仪式；每次老兵退伍，离队老兵做的最后一件事，就是面对老班长床铺深情告别；每晚由表现好的战士为老班长整理床铺；每周评选"存瑞之星"活动……通过长期坚持、日积月累，老班长董存瑞的印记已经铭刻在班级每个人心中，外化为"做英雄传人"的实际行动。

5

七十多年过去，这支英雄部队早已将董存瑞精神融入血脉里，见证着一个又一个"董存瑞传人"的英雄印记。每年新兵入伍讲的第一个故事是《董存瑞的故事》；看的第一部电影是《董存瑞》；唱的第一首歌是《当兵要像董存瑞》；读的第一本书是《董存瑞故事集》。

部队营区、橱窗灯箱挂出来的是董存瑞以及众多英雄官兵肖像和故事；连队门口两侧是"争做'董存瑞式'钢铁战士"训练龙虎榜。《存瑞快报》《董存瑞故事集》《存瑞格言》《存瑞之声》……营区到处洋溢着与董存瑞精神有关的文化氛围。

在七十多年坚守、继承和发展中，这支部队把董存瑞精神融入新的时代命题，形成了以"完成党交给的艰巨任务最光荣"为核心精神，"把心交给党"的忠诚信仰，"舍身炸碉堡"的英雄气概，"打狼要有真本领"的胜战能力，"天塌下来也要完成任务"的使命担当，"恨敌人恨到骨子里"的斗争精神和"为人民奉献一切"的人民立场，全都融入新时代的"董存瑞精神"。

红色基因根植于心，强军重任担当在肩。这支英雄部队通过挖掘梳理"董存瑞精神"的"忠诚、胜战、英勇、担当、斗争、为民"的六种时代特质，做新时代"董存瑞式"钢铁战士。他们把"董存瑞精神"当作旅魂、旅史、旅课，学好、学深、学活。

身在董存瑞生前所在部队，官兵每时每刻都受到来自英雄精神潜移默化的影响。在这种氛围的熏陶下，"当好董存瑞传人""当兵要像董存瑞"的价值观深入军心，由此演绎出一个个生动的练兵备战故事。"天塌下来也要完成任务，豁出生命也要夺取胜利"，这不仅是"董存瑞班"的座右铭，更成为全旅官兵的共同价值追求。

2018年，经中央军委批准，各时期中国人民解放军挂像英模共十位，他们是张思德、董存瑞、黄继光、邱少云、雷锋、苏宁、李向群、杨业功、林俊德、张超。

对我军官兵而言，挂像英模是挂在墙上、印在书上、刻成雕像的英模人物,是至高无上的精神偶像,是全军的楷模。任何一支军队都要有自己的英模,而全军统一英模挂像,是我军区别其他军队标志性特色之一。

张思德是参加过长征的老红军,经历过艰苦的抗日战争。1944年,因炭窑坍塌而牺牲,毛泽东写下《为人民服务》一文悼念。张思德是践行"全心全意为人民服务"宗旨的光辉典范,而"为人民服务"的精神内涵也被刻在军营石碑和墙上,刻进我党我军的血脉传承和内核本质之中。

排在第二位的就是董存瑞。1948年,董存瑞牺牲于解放战争。"为了新中国",无数英烈前仆后继、浴血蹈火,而他就是其中最杰出的代表。他挺立的雄姿如同"天神",托举的就是一个红彤彤的新中国。

6

电影《董存瑞》改变了不少人的人生轨迹,而"董存瑞"的扮演者张良无论是神情相貌,还是由内而外的气质,都将牺牲了的董存瑞演活了。这一点得到董存瑞生前战友一致肯定,而张良自己也因"董存瑞"一角奠定了演艺界的根基,从此一发不可收。

张良回忆,试镜之后,他对能否演好董存瑞没有信心。在他心中,英雄的形象是高大的,而自己的个子小、鼻子小,特别是一笑就眯成缝的小眼睛,怎么能担起大英雄的角色?

倘若演不好董存瑞的角色，全国人民也饶不了他。导演开导他说；不要把英雄神化了，董存瑞也是普通士兵，最要紧的是把英雄的性格和精神演出来。

其实在选"董存瑞"一角的扮演者时，导演是依据董存瑞生前留下的"唯一"一张"良民证"抠下的照片，张良与照片上的董存瑞极为相像。比董存瑞小四岁的张良也当过儿童团团长。董存瑞牺牲那年，十五岁的张良参军了，而且和董存瑞一样，性格活泼，一笑俩酒窝。有一次连长问他为啥参军，他十分干脆地说："打倒蒋介石，解放全中国！"

1949 年 10 月 1 日，张良作为军乐团成员随部队进京，参加开国大典。站在天安门前，现场的热烈气氛，人民群众为新中国成立而欢呼的场面，深深地感染着他。

1950 年 9 月，他随部队赴朝参战，担任志愿军战地宣传员。1955 年春，各大军区文工团进行整编，作为抗敌话剧团演员的张良已收拾行装准备复员，而此时，为宣传董存瑞英雄事迹，国家电影局决定将英雄形象搬上银幕。

张良动情地讲："'董存瑞舍身炸碉堡'这场戏，是全片重中之重。外景在长春电影制片厂搭建，非常像隆化中学前面的敌人桥形暗堡。董存瑞身为'爆破元帅'，很懊悔没在战前侦察发现这座暗堡导致队友牺牲，所以才有撕心裂肺的那句：'我去炸了它！'为了总攻胜利，在没有支架的情况下，他用自己的身躯做依托，高举炸药包，拉开导火索。我是凭一腔热血全身心投入角色，履行着一个战士应尽的职责。我切身体会到董存瑞的内心情感和崇高的革命理想——危难时刻，为祖国献身！"

1956年，张良应邀参加《董存瑞》首映式。他坐在观众席上，当董存瑞挺立在桥形暗堡下，银幕黑了几秒，只听，"为了新中国，前进——"随着一声巨响，影院里长时间的沉默。张良说："我的眼泪'唰'地一下流了出来。"

影片放映完，观众席上突然爆发出雷鸣般的掌声，全场观众齐声高呼"董存瑞""董存瑞"，很多观众拥过来，抱着张良痛哭，场面一片沸腾。

电影在全国放映之后，产生了巨大反响，张良觉得自己总算没有演砸，对得起董存瑞烈士！1957年，文化部举行1949—1955年优秀影片评奖，电影《董存瑞》获一等奖，而张良也因主演《董存瑞》获"金质奖章"，声名遐迩。

"在我心里，'董存瑞精神'可以用八个字概括：'舍身报国、无私奉献。'"张良动情地说，"最让我难忘的是2003年8月，董存瑞生前所在部队邀请我参加纪念战斗英雄董存瑞的活动。会后很多人与我握手、向我敬礼。一个个自报家门：我是某年董存瑞班班长，我是某年董存瑞连连长。当年一入伍，第一课就是看电影《董存瑞》。他们决心一生一世都做董存瑞接班人，让董存瑞'舍己为民'的精神世代相传。这令我非常感动、非常难忘。我虽然老了，也要做董存瑞精神传人。"

他还无限感慨地说："1949年开国大典，我在天安门前打小鼓，转眼七十年过去了。回首往事无愧无悔，对得起党和人民的厚爱。我要继续努力，为国家和人民做奉献。"

有生活才会有艺术生命；艺术源于生活，高于生活，但最终要服务生活。张良塑造的"董存瑞"，不但为中国电影留下一部经典，还成为激励千千万万官兵学英雄、做英雄的鲜活榜样。

7

2019年5月25日，董存瑞牺牲七十一周年，为缅怀英雄，追思先烈，董存瑞生前所在部队某旅举行隆重纪念活动暨移防后，董存瑞雕像重新落成揭幕仪式。部队官兵、英雄亲属和群众代表千余人，庄严列队、肃立默哀。在《思念曲》音乐声中，礼兵向董存瑞雕像敬献花篮，代表整理花篮缎带，表达对英雄的无限哀思和崇高敬意。

仪式现场，官兵们齐唱《代代高呼董存瑞》："永生的士兵，英雄的团队，战旗上不朽的名字董存瑞，舍身炸碉堡，热血铸丰碑，前赴后继……"接着是最感人的呼点老班长："董存瑞！"全体官兵齐声回应："到！董存瑞是我们的老班长……让我们踏着英雄的足迹，奋勇前进——"

我们不应该忘记：自1840年以来，中国受尽列强欺辱；十四年抗战，赶走日本侵略者；为了新中国成立，人民英雄前赴后继；三年抗美援朝，打得艰苦卓绝……我们不应该忘记，面对叛徒劝降，杨靖宇质问："我们中国人都投降了，还有中国吗？"

我们不能忘记：1948年5月25日，董存瑞为部队清除阻碍，用自己的身体充当支架——手托炸药包炸毁了敌人的桥形暗堡，而他的生命却永远停留在那一刻："为了新中国，前进——"

8

时代成就了无数英模人物，也造就了一支支英雄部队。数十年来，一代代官兵从血与火、生与死的考验中走来，用生命书写着董存瑞精神！还记得那首《英雄赞歌》吗："为什么战旗美如画，英雄的鲜血染红了它……"

看啊！在庆祝新中国成立七十周年而装扮一新的天安门前，红旗招展。每一面战旗都浸染着英雄的鲜血；每一面战旗都是一座丰碑；每一面战旗都记录着一支部队值得自豪的光荣历史。

荣誉战旗方队，是经中央军委政治部从全军遴选出来，由"东、南、西、北、中"五大战区一百面战旗组成。一百面战旗，就是一百个英雄部队的番号。他们是来自陆、海、空、联保和武警五个军种。这一百面正式受阅的战旗，迎风招展，气贯长虹。

战旗方队是阅兵分列式上首次亮相在国庆阅兵场。五大战区指挥员挺立排头，二十五辆猛士敞篷车载着解放军历史上涌现出的一百面荣誉战旗驶过天安门。战旗铭记着我党我军的光荣历史；战旗是对革命先烈和英雄的缅怀；战旗更是对荣誉功勋部队的尊崇，激励着官兵在强军路上再立新功。

当百名旗手与红色战旗乘车驶过天安门广场，我与在场的观礼嘉宾一样，心潮澎湃。因为在这一百面战旗中，有一面是来自一个特殊的班集体。听！一个铿锵有力的声音告诉人们："我来自董存瑞班，是董存瑞班第五十五任班长。"一个英姿挺拔的小伙子出现在镜头前。他叫何德洋，今年二十二岁。当记者采访他时，仍纹丝不动地紧紧靠着那面红色的"董存瑞班"战旗。

这个将英雄名字写在战旗上的集体，是 1948 年 6 月，东北人民野战军第 11 纵队授予"董存瑞班"的荣誉。在这面战旗激励下，"董存瑞班"获得了不少荣誉：1949 年"南下剿匪功臣班"；1957 年"永远保持英雄"荣誉锦旗；1958 年"优秀炮"荣誉；1977 年"艰苦奋斗标兵班"……

不论什么时代，不论什么任务，董存瑞生前所在部队早已将"董存瑞精神"深深地烙印在每个战士的心里，犹如一把永不熄灭的火炬。

"作为老班长的直接传人，我是带着全班、甚至全连的期待和梦想而来，必须百分百地完成任务。"这是"董存瑞班"第五十五任班长何德洋的誓言，"站在阅兵车上接受检阅，擎旗必须要稳，用身体支撑旗杆必须做到纹丝不动。"

回想紧贴老班长用生命换来的荣誉战旗，随着方队接受党和人民的检阅，何德洋的眼角湿润了。他想起七十一年前，老班长舍身炸碉堡献出十九岁生命。他更坚定这样的信念：没有任何力量能够阻挡我们前进的步伐！为实现强军梦，作为"接旗人"，一定要像老班长董存瑞一样，坚决完成党和国家交给的任务！

战旗，是胜利的标志；战旗，是荣誉的象征；战旗，是砺将谋战的鲜明导向。每一面战旗都闪耀着军队的辉煌战史；每一面战旗皆承载着人民军队从胜利走向胜利。

我无法亲临董存瑞生前所在部队采访，但读着"董存瑞部队"战士的所见所闻，了解那些鲜为人知的"花絮"，使我更加坚信：英雄董存瑞，他还活着！他活在战友的心里，活在他的部队里，活在他的连队，活在以他名字命名的班集体……

听！耳畔又响起那首《代代高呼董存瑞》："永生的士兵，英雄的团队，战旗上不朽的名字董存瑞，舍身炸碉堡，热血铸丰碑……战功写满千山万水。啊！踏着英雄的足迹走，代代高呼董存瑞……"